世界最強となった兄と
兄へ絶対的な信頼を寄せる妹。
彼らが理想とする社会実現のための一歩を踏み出した時、
混乱と変革の日々の幕が開いた――。

続・魔法科高校の劣等生
メイジアンカンパニー

The irregular at magic high school
Magian Company

7

佐島 勤
Tsutomu Sato

illustration
石田可奈
Kana Ishida

司波達也《しば・たつや》

魔法大学三年。
数々の戦略級魔法師を倒し、その実力を示した
『最強の魔法師』。深雪の婚約者。
メイジアン・ソサエティの副代表を務め、
メイジアン・カンパニーを立ち上げた。

司波深雪《しば・みゆき》

魔法大学三年。
四葉家の次期当主。達也の婚約者。
冷却魔法を得意とする。
メイジアン・カンパニーの理事長を務める。

アンジェリーナ・クドウ・シールズ

魔法大学三年。
元USNA軍スターズ総隊長アンジー・シリウス。
日本に帰化し、深雪の護衛として、
達也、深雪とともに生活している。

九島光宣《くどう・みのる》

達也との決戦後、水波とともに眠りについた。
現在は水波とともに衛星軌道上から
達也の手伝いをしている。

桜井水波《さくらい・みなみ》

光宣の恋人。
光宣とともに眠りにつき、
現在は光宣と生活をともにしている。

藤林響子《ふじばやし・きょうこ》

国防軍を退役し、四葉家で研究に従事。
2100年メイジアン・カンパニーへと入社する。

遠上遼介《とおかみ・りょうすけ》

USNAの政治結社『FEHR』に所属している日本人の青年。
バンクーバーへ留学中に、
『FEHR』の活動に傾倒し、大学を中退。
数字落ちである『十神』の魔法を使う。

レナ・フェール

USNAの政治結社『FEHR』の首領。
『聖女』の異名を持ち、カリスマ的存在となっている。
実年齢は三十歳だが、
十六歳前後にしか見えない。

アーシャ・チャンドラセカール

戦略級魔法『アグニ・ダウンバースト』の開発者。
達也とともにメイジアン・ソサエティを設立し、
代表を務める。

アイラ・クリシュナ・シャーストリー

チャンドラセカールの護衛で
『アグニ・ダウンバースト』を会得した
非公認の戦略級魔法師。

一条将輝《いちじょう・まさき》

魔法大学三年。
十師族・一条家の次期当主。

十文字克人《じゅうもんじ・かつと》

十師族・十文字家の当主。
実家の土木会社の役員に就任。
達也曰く『巖のような人物』。

七草真由美《さえぐさ・まゆみ》

十師族・七草家の長女。
魔法大学を卒業後、七草家関連企業に入社したが、
メイジアン・カンパニーに転職することとなった。

西城レオンハルト
さいじょう・れおんはると
第一高校卒業後、克災救難大学校、
通称レスキュー大に進学。達也の友人。
硬化魔法が得意な明るい性格の持ち主。

千葉エリカ
ちば・えりか
魔法大学三年。達也の友人。
チャーミングなトラブルメイカー。

吉田幹比古
よしだ・みきひこ
魔法大学三年。古式魔法の名家。
エリカとは幼少期からの顔見知り。

柴田美月
しばた・みづき
第一高校卒業後、デザイン学校に進学。
達也の友人。霊子放射光過敏症。
少し天然が入った真面目な少女。

光井ほのか
みつい・ほのか
魔法大学三年。光波振動系魔法が得意。
達也に想いを寄せている。
思い込むとやや直情的。

北山雫
きたやま・しずく
魔法大学三年。ほのかとは幼馴染。
振動・加速系魔法が得意。
感情の起伏をあまり表に出さない。

四葉真夜《よつば・まや》
達也と深雪の叔母。
四葉家の現当主。

葉山《はやま》
真夜に仕える老齢の執事。

黒羽亜夜子《くろば・あやこ》
魔法大学二年。文弥の双子の姉。
四高を卒業時に、四葉家との関係は公表されている。

黒羽文弥《くろば・ふみや》
魔法大学二年。亜夜子の双子の弟。
四高を卒業時に、四葉家との関係は公表されている。
一見中性的な女性にしか見えない美青年。

花菱兵庫《はなびし・ひょうご》
四葉家に仕える青年執事。
序列第二位執事・花菱の息子。

七草香澄《さえぐさ・かすみ》
魔法大学二年。
七草真由美の妹。泉美の双子の姉。
元気で快活な性格。

七草泉美《さえぐさ・いずみ》
魔法大学二年。
七草真由美の妹。香澄の双子の妹。
大人しく穏やかな性格。

ロッキー・ディーン

FAIRの首領。見た目はイタリア系の優男だが、
好戦的で残虐な一面を持つ。
魔法師が支配する社会の実現のために
レリックを狙っている。

ローラ・シモン

ソーサラーやウィッチに分類される能力を持つ
北アフリカ系の美女。
ロッキー・ディーンの側近兼愛人。

呉内《くれない》杏《あんず》

進人類戦線の現リーダー。
特殊な異能の持ち主。

深見《ふかみ》快宥《やすひろ》

進人類戦線のサブリーダー。

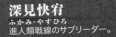

Glossary
用語解説

魔法科高校
国立魔法大学付属高校の通称。全国に九校設置されている。
この内、第一から第三までが一学年定員二百名で
一科・二科制度を採っている。

ブルーム、ウィード
第一高校における一科生、二科生の格差を表す隠語。
一科生の制服の左胸には八枚花弁のエンブレムが
刺繍されているが、二科生の制服にはこれが無い。

一科生のエンブレム

司波達也のCAD

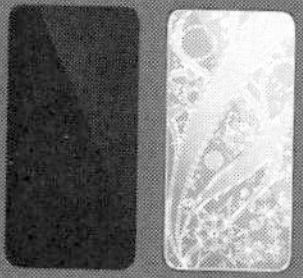

司波深雪のCAD

CAD〔シー・エー・ディー〕
魔法発動を簡略化させるデバイス。
内部には魔法のプログラムが記録されている。
特化型、汎用型などタイプ・形状は様々。

フォア・リーブス・テクノロジー〔FLT〕
国内CADメーカーの一つ。
元々完成品よりも魔法工学部品で有名だったが、
シルバー・モデルの開発により
一躍CADメーカーとしての知名度が増した。

トーラス・シルバー
僅か一年の間に特化型CADのソフトウェアを
十年は進歩させたと称えられる天才技術者。

エイドス〔個別情報体〕
元々はギリシア哲学用語。現代魔法学において
エイドスとは、事象に付随する情報体のことで、
「世界」にその「事象」が存在することの記録で、
「事象」が「世界」に記す足跡とも言える。
現代魔法学における「魔法」の定義は、エイドスを改変することによって、
その本体である「事象」を改変する技術とされている。

イデア〔情報体次元〕
元々はギリシア哲学用語。現代魔法学においてイデアとは、エイドスが記録されるプラットフォームのこと。
魔法の一次的形態は、このイデアというプラットフォームに魔法式を出力して、
そこに記録されているエイドスを書き換える技術である。

起動式
魔法の設計図であり、魔法を構築するためのプログラム。
CADには起動式のデータが圧縮保存されており、
魔法師から流し込まれたサイオン波を展開したデータに従って信号化し、魔法師に返す。

サイオン（想子）
心霊現象の次元に属する非物質粒子で、認識や思考結果を記録する情報素子のこと。
現代魔法の理論的基盤であるエイドス、現代魔法の根幹を支える技術である起動式や魔法式は
サイオンで構築された情報体である。

プシオン（霊子）
心霊現象の次元に属する非物質粒子で、その存在は確認されているがその正体、その機能については
未だ解明されていない。一般的な魔法師は、活性化したプシオンを「感じる」ことができるにとどまる。

魔法師
『魔法技能師』の略語。魔法技能師とは、実用レベルで魔法を行使するスキルを持つ者の総称。

魔法式
事象に付随する情報を一時的に改変する為の情報体。魔法師が保有するサイオンで構築されている。

魔法演算領域
魔法式を構築する精神領域。魔法という才能の、いわば本体。魔法師の無意識領域に存在し、魔法師は通常、魔法演算領域を意識して使うことは出来ても、そこで行われている処理のプロセスを意識することは出来ない。魔法演算領域は、魔法師自身にとってもブラックボックスと言える。

魔法式の出力プロセス

❶起動式をCADから受信する。これを「起動式の読込」という。
❷起動式に変数を追加して魔法演算領域に送る。
❸起動式と変数から魔法式を構築する。
❹構築した魔法式を、無意識領域の最上層にして意識領域の最下層たる「ルート」に転送、意識と無意識の狭間に存在する「ゲート」から、イデアへ出力する。
❺イデアに出力された魔法式は、指定された座標のエイドスに干渉しこれを書き換える。

単一系統・単一工程の魔法で、この五段階のプロセスを半秒以内で完了させることが、「実用レベル」の魔法師としての目安になる。

魔法の評価基準（魔法力）
サイオン情報体を構築する速さが魔法の処理能力であり、構築できる情報体の規模が魔法のキャパシティであり、魔法式がエイドスを書き換える強さが干渉力、この三つを総合して魔法力と呼ばれる。

基本コード仮説
「加速」「加重」「移動」「振動」「収束」「発散」「吸収」「放出」の四系統八種にそれぞれ対応したプラスとマイナス、合計十六種類の基本となる魔法式が存在していて、この十六種類を組み合わせることで全ての系統魔法を構築することができるという理論。

系統魔法
四系統八種に属する魔法のこと。

系統外魔法
物質的な現象ではなく精神的な現象を操作する魔法の総称。

心霊存在を使役する神霊魔法・精霊魔法から読心、幽体分離、意識操作まで多種にわたる。

十師族
日本で最強の魔法師集団。一条（いちじょう）、一之倉（いちのくら）、一色（いっしき）、二木（ふたつぎ）、二階堂（にかいどう）、二瓶（にへい）、三矢（みつや）、三日月（みかづき）、四葉（よつば）、五輪（いつわ）、五頭（ごとう）、五味（いつみ）、六塚（むつづか）、六角（ろっかく）、六郷（ろくごう）、六本木（ろっぽんぎ）、七草（さえぐさ）、七宝（しっぽう）、七夕（たなばた）、七瀬（ななせ）、八代（やつしろ）、八朔（はっさく）、八幡（はちまん）、九島（くどう）、九鬼（くき）、九頭見（くずみ）、十文字（じゅうもんじ）、十山（とおやま）の二十八の家系から四年に一度の「十師族選定会議」で選ばれた十の家系が『十師族』を名乗る。

数字付き
十師族の苗字に一から十までの数字が入っているように、百家の中でも本流とされている家系の苗字には“『千』代田”、“『五十』里”、“『千』葉”家の様に、十一以上の数字が入っている。

数値の大小が力の強弱を表すものではないが、苗字に数字が入っているかどうかは、血筋が大きく物を言う、魔法師の力量を推測する一つの目安となる。

数字落ち
エクストラ・ナンバーズ、略して「エクストラ」とも呼ばれる、「数字」を剥奪された魔法師の一族。

かつて、魔法師が兵器であり実験体サンプルであった頃、「成功例」としてナンバーを与えられた魔法師が、「成功例」に相応しい成果を上げられなかった為に捺された烙印。

様々な魔法

● コキュートス
精神を凍結させる系統外魔法。凍結した精神は肉体に死を命じることも出来ず、
この魔法を掛けられた相手は、精神の「静止」に伴い肉体も停止・硬直してしまう。
精神と肉体の相互作用により、肉体の部分的な結晶化が観測されることもある。

● 地鳴り
独立情報体「精霊」を媒体として地面を振動させる古式魔法。

● 術式解散〔グラム・ディスパージョン〕
魔法の本体である魔法式を、意味の有る構造を持たないサイオン粒子群に分解する魔法。
魔法式は事象に付随する情報体に作用するという性質上、その情報構造が露出していなければならず、
魔法式そのものに対する干渉を防ぐ手立ては無い。

● 術式解体〔グラム・デモリッション〕
圧縮したサイオン粒子の塊をイデアを経由せずに対象物へ直接ぶつけて爆発させ、そこに付け加えられた
起動式や魔法式などの、魔法を記録したサイオン情報体を吹き飛ばしてしまう無系統魔法。
魔法といっても、事象改変の為の魔法式としての構造を持たないサイオンの砲弾であるため情報強化や
領域干渉には影響されない。また、砲弾自体の持つ圧力がキャスト・ジャミングの影響も撥ね返してしまう。
物理的な作用が皆無である故に、どんな障碍物でも防ぐことは出来ない。

● 地雷原
土、岩、砂、コンクリートなど、材質は問わず、
とにかく「地面」という概念を有する固体に強い振動を与える魔法。

● 地割れ
独立情報体「精霊」を媒体として地面を線上に押し潰し、
一見地面を引き裂いたかのような外観を作り出す魔法。

● ドライ・ブリザード
空気中の二酸化炭素を集め、ドライアイスの粒子を作り出し、
凍結過程で余った熱エネルギーを運動エネルギーに変換してドライアイス粒子を高速で飛ばす魔法。

● 這い寄る雷蛇〔スリザリン・サンダース〕
『ドライ・ブリザード』のドライアイス気化によって水蒸気を凝結させ、気化した二酸化炭素を
溶け込ませた導電性の高い霧を作り出した上で、振動系魔法と放出系魔法で摩擦電気を発生させる。
そして、炭酸ガスが溶け込んだ霧や水滴を導線として敵に電撃を浴びせるコンビネーション魔法。

● ニブルヘイム
振動減速系広域魔法。大容積の空気を冷却し、
それを移動させることで広い範囲を凍結させる。
端的に言えば、超大型の冷凍庫を作り出すようなものである。
発動時に生じる白い霧は空中で凍結した氷や
ドライアイスの粒子だが、レベルを上げると凝結した
液体窒素の霧が混じることもある。

● 爆裂
対象物内部の液体を気化させる発散系魔法。
生物ならば体液が気化して身体が破裂、
内燃機関動力の機械ならば燃料が気化して爆散する。
燃料電池でも結果は同じで、可燃性の燃料を搭載していなくても、
バッテリー液や油圧液や冷却液や潤滑液など、およそ液体を搭載していない機械は存在しないため、
『爆裂』が発動すればほぼあらゆる機械が破壊され停止する。

● 乱れ髪
角度を指定して風向きを変えて行くのではなく、「もつれさせる」という曖昧な結果をもたらす
気流操作により、地面すれすれの気流を起こして相手の足に草を絡みつかせる古式魔法。
ある程度丈の高い草が生えている野原でのみ使用可能。

魔法剣

魔法による戦闘方法には魔法それ自体を武器にする戦い方の他に、
魔法で武器を強化・操作する技法がある。
銃や弓矢などの飛び道具と組み合わせる術式が多数派だが、
日本では剣技と魔法を組み合わせて戦う「剣術」も発達しており、
現代魔法と古式魔法の双方に魔法剣とも言うべき専用の魔法が編み出されている。

1. 高周波(こうしゅうは)ブレード

刀身を高速振動させ、接触物の分子結合力を超えた振動を伝播させることで
固体を局所的に液状化して切断する魔法。刀身の自壊を防止する術式とワンセットで使用される。

2. 圧斬り(へしきり)

刃先に斬撃方向に対して左右垂直方向の斥力を発生させ、
刃が接触した物体を押し開くように割断する魔法。
斥力場の幅は1ミリ未満の小さなものだが光に干渉する程の強度がある為、
正面から見ると刃先が黒い線になる。

3. ドウジ斬り(童子斬り)

源氏の秘剣として伝承されていた古式魔法。二本の刃を遠隔操作し、
手に持つ刀と合わせて三本の刀で相手を取り囲むようにして同時に切りつける魔法剣技。
本来の意味である「同時斬り」を「童子斬り」の名に隠していた。

4. 斬鉄(ざんてつ)

千葉一門の秘剣。刀を鋼と鉄の塊ではなく、「刀」という単一概念の存在として定義し、
魔法式で設定した斬撃線に沿って動かす移動系統魔法。
単一概念存在と定義された「刀」はあたかも単分子結晶の刃の様に、
折れることも曲がることも欠けることもなく、斬撃線に沿ってあらゆる物体を切り裂く。

5. 迅雷斬鉄(じんらいざんてつ)

専用の武装デバイス「雷丸(いかづちまる)」を用いた「斬鉄」の発展形。
刀と剣士を一つの集合概念として定義することで
接敵から斬撃までの一連の動作が一切の狂い無く高速実行される。

6. 山津波(やまつなみ)

全長180センチの長大な専用武器「大蛇丸(おろちまる)」を用いた千葉一門の秘剣。
自分と刀に掛かる慣性を極小化して敵に高速接近し、
インパクトの瞬間、消していた慣性を上乗せして刀身の慣性を増幅し対象物に叩きつける。
この偽りの慣性質量は助走が長ければ長いほど増大し、最大で十トンに及ぶ。

7. 薄羽蜻蛉(うすばかげろう)

カーボンナノチューブを織って作られた厚さ五ナノメートルの極薄シートを
硬化魔法で完全平面に固定して刃とする魔法。
薄羽蜻蛉で作られた刀身はどんな刀剣、どんな剃刀よりも鋭い切れ味を持つが、
刃を動かす為のサポートが術式に含まれていないので、術者は刀の操作技術と腕力を要求される。

魔法技能師開発研究所

西暦2030年代、第三次世界大戦前に緊迫化する国際情勢に対応して日本政府が次々に設立した魔法師開発の為の研究所。その目的は魔法の開発ではなくあくまでも魔法師の開発であり、目的とする魔法に最適な魔法師を生み出す為の遺伝子操作を含めて研究されていた。

魔法技師開発研究所は第一から第十までの10ヶ所設立され、現在も5ヶ所が稼働中である。

各研究所の詳細は以下のとおり。

魔法技能師開発第一研究所

2031年、金沢市に設立。現在は閉鎖。

テーマは対人戦闘を想定した生体に直接干渉する魔法の開発。気化魔法『爆裂』はその派生形態。ただし人体の動きを操作する魔法はパペット・テロ(操り人形化した人間によるカミカゼテロ)を誘発するものとして禁止されていた。

魔法技能師開発第二研究所

2031年、淡路島に設立。稼働中。

第一研のテーマと対をなす魔法として、無機物に干渉する魔法、特に酸化還元反応に関わる吸収系魔法を開発。

魔法技能師開発第三研究所

2032年、厚木市に設立。稼働中。

単独で様々な状況に対応できる魔法師の開発を目的としてマルチキャストの研究を推進。特に、同時発動、連続発動が可能な魔法数の限界を実験し、多数の魔法を同時発動可能な魔法師を開発。

魔法技能師開発第四研究所

詳細は不明。場所は旧東京都と旧山梨県の県境付近と推定。設立は2033年と推定。現在は封鎖されたこととなっているが、これも実態は不明。旧第四研のみ政府とは別に、国に対し強い影響力を持つスポンサーにより設立され、現在は国から独立しそのスポンサーの支援下で運営されているとの噂がある。またそのスポンサーにより2020年代以前から事実上運営が始まっていたとも噂されている。

精神干渉魔法を利用して、魔法師の無意識領域に存在する魔法という名の異能の源泉、魔法演算領域そのものの強化を目指していたとされている。

魔法技能師開発第五研究所

2035年、四国の宇和島市に設立。稼働中。

物質の形状に干渉する魔法を研究。技術的難度が低い流体制御が主流となるが、固体の形状干渉にも成功している。その成果がUSNAと共同開発した『バハムート』。流動干渉魔法『アビス』と合わせ、二つの戦略級魔法を開発した魔法研究機関として国際的に名を馳せている。

魔法技能師開発第六研究所

2035年、仙台市に設立。稼働中。

魔法による熱量制御を研究。第八研と並び基礎研究機関的な色彩が強く、その反面軍事的な色彩は薄い。ただ第四研を除く魔法技能師開発研究所の中で、最も多くの遺伝子操作実験が行われたと言われている(第四研については実態が不明)。

魔法技能師開発第七研究所

2036年、東京に設立。現在は閉鎖。

対集団戦闘を念頭に置いた魔法を開発。その成果が群体制御魔法。第六研が非軍事的色彩の強いものだった反動で、有事の首都防衛を兼ねた魔法師開発の研究施設として設立された。

魔法技能師開発第八研究所

2037年、北九州市に設立。稼働中。

魔法による重力、電磁力、強い相互作用、弱い相互作用の操作を研究。第六研以上に基礎研究機関的な色彩が強い。ただし、国防軍との結びつきは第六研と異なり強固。これは第八研の研究内容が核兵器の開発と容易に結びつくからであり、国防軍のお墨付きを得て核兵器開発疑惑を免れているという側面がある。

魔法技能師開発第九研究所

2037年、奈良市に設立。現在は閉鎖。

現代魔法と古式魔法の融合、古式魔法のノウハウを現代魔法に取り込むことで、ファジーな術式操作など現代魔法が苦手としている諸課題を解決しようとした。

魔法技能師開発第十研究所

2039年、東京に設立。現在は閉鎖。

第七研と同じく首都防衛の目的を兼ねて、大火力の攻撃に対する防御手段として空間に仮想構築物を生成する領域魔法を研究。その成果が多種多様な対物理障壁魔法。

また第十研は、第四研とは別の手段で魔法能力の引き上げを目指した。具体的には魔法演算領域そのものの強化ではなく、魔法演算領域を一時的にオーバークロックすることで必要に応じ強力な魔法を行使できる魔法師の開発に取り組んだ。ただしその成否は公開されていない。


これら10ヶ所の研究所以外にエレメンツ開発を目的とした研究所が2010年代から2020年代にかけて稼働していたが、現在は全て封鎖されている。

また国防軍には2002年に設立された陸軍総司令部直属の秘密研究機関があり独自に研究を続けている。

九島烈は第九研に所属するまでこの研究機関で強化処置を受けていた。

戦略級魔法師

現代魔法は高度な科学技術の中で育まれてきたものである為、
軍事的に強力な魔法の開発が可能な国家は限られている。

その結果、大規模破壊兵器に匹敵する戦略級魔法を開発できたのは一握りの国家だった。

ただ開発した魔法を同盟国に供与することは行われており、
戦略級魔法に高い適性を示した同盟国の魔法師が戦略級魔法師として認められている例もある。

2095年4月段階で、国家により戦略級魔法に適性を認められ対外的に公表された魔法師は13名。

彼らは十三使徒と呼ばれ、世界の軍事バランスの重要ファクターと見なされていた。

国家公認戦略級魔法師の内、大亜連合の劉雲徳は正式に死亡が公表され、新ソ連のベゾブラゾフとブラジルのミゲル・ディアスは生死不明、実際には戦死。

その一方で大亜連合の劉麗蕾と日本の一条将輝が新たに公認されているので、国家公認戦略級魔法師の人数に関する国際社会の認識は十二人〜十四人と定まっていない。さらに劉麗蕾が日本に亡命した件を大亜連合は公式に認めていないが、軍事関係者の間では公然の秘密であり、劉麗蕾を「使徒」から外して『十一使徒』とする場合もある。

2100年時点で、各国公認の戦略級魔法師は以下の通り。

USNA
■アンジー・シリウス：「ヘビィ・メタル・バースト」
■エリオット・ミラー：「リヴァイアサン」
■ローラン・バルト：「リヴァイアサン」
※この中でスターズに所属するのはアンジー・シリウスのみであり、
エリオット・ミラーはアラスカ基地、ローラン・バルトは国外のジブラルタル基地から
基本的に動くことはない。

新ソビエト連邦
■イーゴリ・アンドレイビッチ・ベゾブラゾフ：「トゥマーン・ボンバ」
※2097年に死亡が推定されているが新ソ連はこれを否定している。
■レオニード・コンドラチェンコ：「シムリャー・アールミヤ」
※コンドラチェンコは高齢の為、黒海基地から基本的に動くことはない。

大亜細亜連合
■劉麗蕾(りうりーれい)：「霹靂塔」
※劉雲徳は2095年10月31日の対日戦闘で戦死している。

インド・ペルシア連邦
■バラット・チャンドラ・カーン：「アグニ・ダウンバースト」

日本
■五輪 澪(いつわみお)：「深淵(アビス)」
■一条将輝：「海爆(オーシャン・ブラスト)」
※2097年に政府により戦略級魔法師と認定。

ブラジル
■ミゲル・ディアス：「シンクロライナー・フュージョン」
※魔法式はUSNAより供与されたもの。2097年以降、消息を絶っているが、ブラジルはこれを否定。

イギリス
■ウィリアム・マクロード：「オゾンサークル」

ドイツ
■カーラ・シュミット：「オゾンサークル」
※オゾンサークルはオゾンホール対策として分裂前のEUで共同研究された魔法を原型としており、イギリスで完成した魔法式が協定により旧EU諸国に公開された。

トルコ
■アリ・シャーヒーン：「バハムート」
※魔法式はUSNAと日本の共同で開発されたものであり、日本主導で供与された。

タイ
■ソム・チャイ・ブンナーク：「アグニ・ダウンバースト」
※魔法式はインド・ペルシアより供与されたもの。

スターズとは

USNA軍統合参謀本部直属の魔法師部隊。十二の部隊があり、
隊員は星の明るさに応じて階級分けされている。
部隊の隊長はそれぞれ一等星の名前を与えられている。

●スターズの組織体系

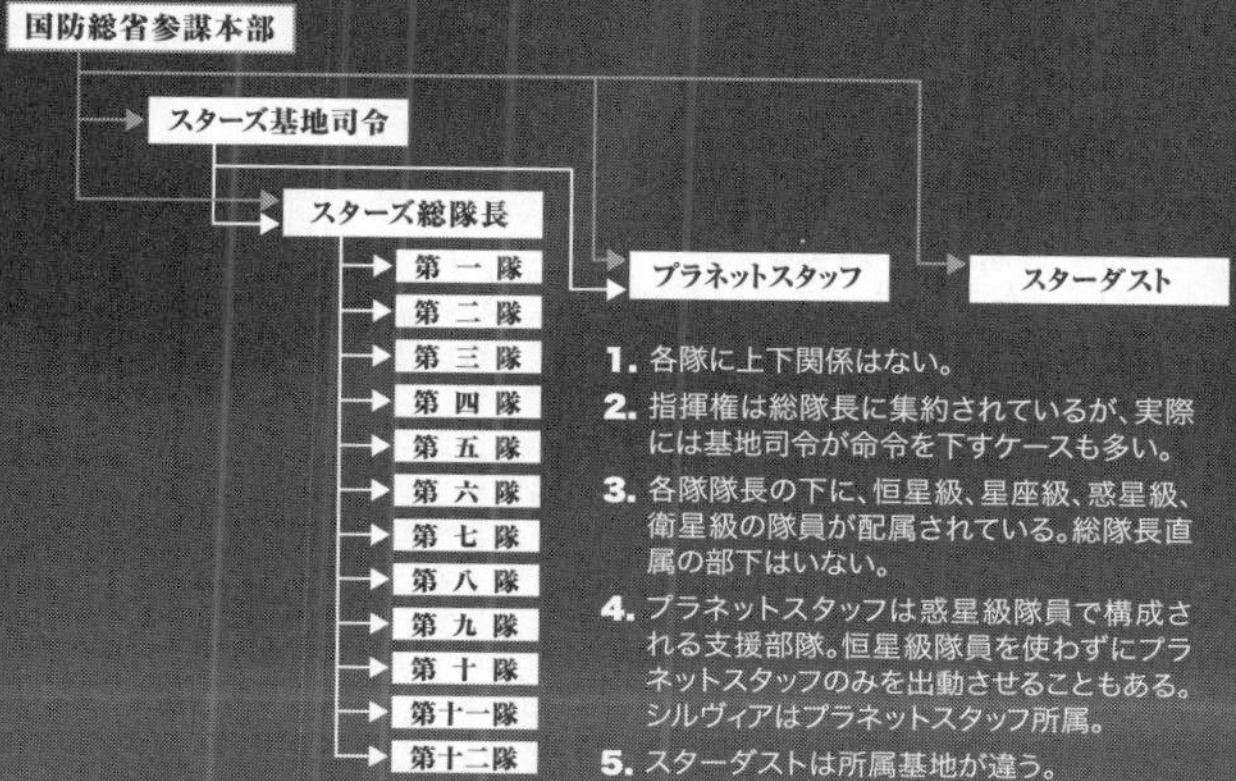

1. 各隊に上下関係はない。
2. 指揮権は総隊長に集約されているが、実際には基地司令が命令を下すケースも多い。
3. 各隊隊長の下に、恒星級、星座級、惑星級、衛星級の隊員が配属されている。総隊長直属の部下はいない。
4. プラネットスタッフは惑星級隊員で構成される支援部隊。恒星級隊員を使わずにプラネットスタッフのみを出動させることもある。シルヴィアはプラネットスタッフ所属。
5. スターダストは所属基地が違う。

メイジアン・カンパニー

魔法資質保有者（メイジアン）の人権自衛を目的とする国際互助組織であるメイジアン・ソサエティの目的を実現するための具体的な活動を行う一般社団法人。2100年4月26日に設立。本拠地は日本の町田にあり、理事長を司波深雪、専務理事を司波達也が務める。

国際組織として、魔法協会が既設されているが、魔法協会は実用的なレベルの魔法師の保護が主目的になっているのに対し、メイジアン・カンパニーは軍事的に有用であるか否かに拘わらず魔法資質を持つ人間が、社会で活躍できる道を拓く為の非営利法人である。具体的にはメイジアンとしての実践的な知識が学べる魔法師の非軍事的職業訓練事業、学んだことを実際に使う職を紹介する非軍事的職業紹介事業を展開を予定。

FEHR－フェール－

『Fighters for the Evolution of Human Race』（人類の進化を守る為に戦う者たち）の頭文字を取った名称の政治結社。2095年12月、『人間主義者』の過激化に対抗して設立された。本部をバンクーバーに置き、代表者のレナ・フェールは『聖女』の異名を持つカリスマ的存在。結社の目的はメイジアン・ソサエティと同様に反魔法主義・魔法師排斥運動から魔法師を保護すること。

リアクティブ・アーマー

旧第十研から追放された数字落ち『十神』の魔法。個体装甲魔法で、破られると同時に『その原因となった攻撃と同種の力』に対する抵抗力が付与されて再構築される。

FAIR－フェアー

表向きはFEHRと同じく、USNAで活動する反魔法主義者から同胞を守るための団体。

しかし、その実態は魔法を使えない人間を見下し、自分たちの権利のためには暴力を厭わない、魔法至上主義の過激派集団。

秘匿されている正式名称は『Fighters Against Inferior Race』。

進人類戦線

もともとFEHRのリーダーであるレナ・フェールに感銘を受けた日本人が作った反魔法主義から魔法師を守ることを目的としている団体。

暴力に訴えることを否定したFEHRに反して、政治や法が魔法師迫害を止めてくれないのであれば、ある程度の違法行為は必要と考え行動している。

結成時のリーダーが決行した示威行為が原因で、一度解散へと追い込まれたが、非合法化組織として再結集した。

新人類でなく進人類なのは、「魔法師は単に新世代の人類なのではなく、進化した人類である」という自意識を反映したものである。

レリック

魔法的な性質を持つオーパーツの総称。それぞれ固有の性質を持ち、長らく現代技術でも再現が困難であるされていた。世界各地で出土しており、魔法の発動を阻害する『アンティナイト』や魔法式保存の性質を持つ『瓊勾玉』などその種類は多数存在する。

『瓊勾玉』の解析を通し、魔法式保存の性質を持つレリックの複製は成功。人造レリック『マジストア』は恒星炉を動かすシステムの中核をなしている。

人造レリック作成に成功した現在でも、レリックについては未だに解明されていないことが多く存在し、国防軍や国立魔法大学を中心に研究が進められている。

The International Situation
2100年現在の世界情勢

世界の寒冷化を直接の契機とする第三次世界大戦、二〇年世界群発戦争により世界の地図は大きく塗り替えられた。現在の状況は以下のとおり。

USAはカナダ及びメキシコからパナマまでの諸国を併合してきたアメリカ大陸合衆国（USNA）を形成。

ロシアはウクライナ、ベラルーシを再吸収して新ソビエト連邦（新ソ連）を形成。

中国はビルマ北部、ベトナム北部、ラオス北部、朝鮮半島を征服して大亜細亜連合（大亜連合）を形成。

インドとイランは中央アジア諸国（トルクメニスタン、ウズベキスタン、タジキスタン、アフガニスタン）及び南アジア諸国（パキスタン、ネパール、ブータン、バングラデシュ、スリランカ）を呑み込んでインド・ペルシア連邦を形成。

個人が国家に対抗するという偉業を司波達也が成し遂げたため 2100 年に IPU とイギリスの商人の下、スリランカは独立。独立とともに魔法師国際互助組織メイジアン・ソサエティの本部が創設されている。

他のアジア・アラブ諸国は地域ごとに軍事同盟を締結し新ソ連、大亜連合、インド・ペルシアの三大国に対抗。

オーストラリアは事実上の鎖国を選択。

EUは統合に失敗し、ドイツとフランスを境に東西分裂。東西EUも統合国家の形成に至らず、結合は戦前よりむしろ弱体化している。

アフリカは諸国の半分が国家ごと消滅し、生き残った国家も辛うじて都市周辺の支配権を維持している状態となっている。

南アメリカはブラジルを除き地方政府レベルの小国分立状態に陥っている。

【1】呼び出し

西暦二一〇〇年八月最後の日曜日。達也《たつや》は四葉《よつば》本家に呼び出された。彼を招喚したのは当主の四葉真夜《よつばまや》。達也《たつや》もまだ真夜《まや》には逆らえない。——いや、今のところは当主の地位を尊重して逆らっていないと言うべきか。

「お帰りなさい、達也《たつや》さん。シャンバラ探索、お疲れ様でした」

達也《たつや》の前に現れた真夜《まや》は一見、上機嫌だった。

「報告書は読みましたよ。興味深い内容でした」

そう言って真夜《まや》は、達也《たつや》にニッコリと笑い掛けた。何時《いつ》ものことだが、その笑顔は単純なものではなかった。

「シャンバラの遺産の危険性については私も同感です。研究材料としては興味深いものですが、戦略級魔法拡散の可能性は無視できません」

「ご理解いただきありがとうございます。では、危険な遺産は封印の方針で進めてもよろしいでしょうか？」

ただ裏を勘繰って慎重になりすぎていては前に進めない。真夜《まや》の言葉を切っ掛けに利用して、達也《たつや》は次の遠征の許可を求めた。最優先の封印対象魔法が北米のシャスタ山に眠っていることは、真夜《まや》が読んだ報告書に書かれている。

「方針はそれでも良いですけど……」

真夜《まや》が態《わざ》とらしく口ごもる。どうやら彼女は達也《たつや》の渡米を認めたくないようだ。

その理由が分かれば、説得の糸口も見付かるだろう。達也《たつや》は性急に続きを催促するような真《ま》似《ね》はせず、無言で次の言葉を待った。

「少し待ってもらえないかしら。一万年以上眠っていたものなら、半年や一年先送りにしても誤差の範囲内でしょう」

「理由をうかがっても？」

誤差の範囲内、という意見には大いに異論があった。だがまず、渡米を止める理由を達也《たつや》は訊《たず》ねた。

「東道《とうどう》閣下のご命令です」

真夜《まや》の答えは、達也《たつや》が予測した理由の中で最も覆《くつがえ》すのが難しいものだった。

「貴男《あなた》がこれ以上日本を留守にすることは認められないと閣下は仰《おお》せです。ＩＰＵ滞在が長すぎましたね」

インド・ペルシア連邦《I P U》に長く留まりすぎたと達也《たつや》は自分でも考えていたので、この指摘には反論できない。

「しかし、いったん動き出した事態は加速するものです」

だが、のんびり構えていられる状況ではないと達也《たつや》は認識していた。

「USNAは地図の石板を解読したことでシャンバラの遺跡が実在することを知っています。彼らが更なる手掛かりを求めてシャスタ山を発掘調査することで、その地下に眠る遺跡を発見する可能性は無視できません」

「遺跡を利用する為《ため》の『杖《つえ》』は貴男《あなた》が持っているのでしょう？」

「私がブハラで手に入れたシャンバラの杖《つえ》は、謂《い》わばマスターキーです。個々の遺跡の鍵となる遺物は別に存在することが分かっています。米軍がそれを発見しないという保証はありません。それに遺跡に入ること自体は、現代の土木機械を使えば難しくありません。中に入ってしまえば、保管されている魔法をその場でインストールすることは可能です。遺跡が魔法を伝授する仕組みは、『導師の石板《グル》』と基本的に同じものですから」

そう言って真夜《まや》はため息を漏らした。

「達也《たつや》さんの危機意識は理解しました」

「ですが、閣下のお怒りを無視することもできません。達也《たつや》さんにそれが理解できないはずはありませんよね？」

もちろん達也《たつや》は理解していた。恒星炉プロジェクトを始めるに当たり、達也《たつや》は東道青波《とうどうあおば》と契約を交わしている。達也《たつや》が日本の為《ため》の抑止力となることを条件に、東道《とうどう》は恒星炉プロジェクトの推進を許可し、後押しもしてくれた。達也《たつや》が日本を長期間留守にすることは、この契約の軽視につながる。東道《とうどう》が気分を害しているであろうことは、達也《たつや》も帰国前から予測していた。

「危険な魔法の封印を否定するつもりはないわ。ただ、すぐには無理よ」

それも達也《たつや》は理解している。四葉家《よつばけ》は自給自足しているわけではない。一族を養う為《ため》にはスポンサーが必要だ。四葉家《よつばけ》が一方的に頼っているのではなく持ちつ持たれつの関係とはいえ、スポンサーの意向はやはり無視できない。

「達也《たつや》さん、時機を待ちなさい。そうね、長くても一年。その頃には閣下のお怒りも解けているでしょう」

「……分かりました」

達也《たつや》もこの場は、引き下がるしかなかった。

◇　◇　◇

「あら。達也《たつや》さん、もう帰るの？」

本家の屋敷《やしき》を出たところで、達也《たつや》は夕歌《ゆうか》に呼び止められた。

「ええ」

「さっきいらっしゃったばかりだと聞きましたけど？」

「ご当主様の用事はもう済みましたので」

「こんな短時間で済む用事なら態々《わざわざ》呼びつけなくても良いでしょうに……」

些細《ささい》な内容とはいえ、堂々と当主の真夜《まや》に対する批判的な言葉を口にする夕歌《ゆうか》。ここは本家の屋敷《やしき》の目の前だ。真夜《まや》は決して暴君ではないが、一族の者ならばたとえ分家の当主であったとしても口を憚《はばか》っただろう。達也《たつや》でも警戒する。無頓着にこういうセリフを漏らすのは夕歌《ゆうか》くらいだ。

それは彼女が無神経だからではなく、欲が無いからだと思われる。分家の次期当主という一族の中で高い地位にある夕歌《ゆうか》だが、彼女はその立場に執着が無い。立場だけでなく、それに付随する金銭的な豊かさにも執心していない。お洒落《しゃれ》には人並みに拘《こだわ》りがあるようだが、それ以外のことには余り関心が無い、好きな研究をしていれば満足できる学者気質《かたぎ》なところが夕歌《ゆうか》にはあった。

「俺に何か御用だったんですか？」

短時間で終わったのは結果論だ。また最初から一、二分で済むと分かっていても、直接話をすることが必要な内容だった。だがそうしたことには触れず、達也《たつや》は夕歌《ゆうか》がこの場にいる理由を訊《たず》ねた。

「ええ。この前のＦＬＴ襲撃に使われた魔法について、少し訊《き》きたいことがあって」

「良いですよ。時間は空けてありますから」

これはすぐに済む用事で呼びつけたことを批判した夕歌《ゆうか》に対する皮肉ではなく、単なる事実だった。達也《たつや》も真夜《まや》の話がもう少し長引くと考えていたのだ。

「そう？　良かった。じゃあ研究所に来てくれます？」

「了解です」

達也《たつや》の返事に、夕歌《ゆうか》は「ありがとう」と言って達也《たつや》に背を向け歩き出した。


魔法師の調整施設（＝遺伝子操作施設）を含む四葉家《よつばけ》の研究施設で、夕歌《ゆうか》は副所長的なポジションにある。達也《たつや》が案内されたのは、その夕歌《ゆうか》個人に与えられた研究室だった。前回の渡米前に相貌認識阻害魔法［アイドネウス］の完成前データを預かった部屋だ。

「コーヒーで良い？」「お任せします」という遣《や》り取《と》りの後、自動機で淹《い》れたコーヒーのカップをデスクとサイドテーブルに置いて――言うまでもなくサイドテーブルの方が達也《たつや》のカップだ――、夕歌《ゆうか》はデスクの前に腰を落ち着けた。

「早速だけど……」

夕歌《ゆうか》はカップに手を伸ばそうともせず話し始めた。

「言語機能を麻痺《まひ》させるあの魔法の名称は［バベル］でしたね？」

「そうです。正式には［バベルの塔の神罰］と言うようですね。それが何か？」

夕歌《ゆうか》の問い掛けに頷《うなず》くと同時に、達也《たつや》はその質問の意図を訊《たず》ねた。

「その名称は『導師《グル》の石板』に記されていたのですよね？」

だが夕歌《ゆうか》の質問は、まだ続いていた。

「記されていたと言うより記録されていたと言うべきでしょう。魔法をインストールするデーモンが持っている情報のようですから。──無論、アメリカで術者を訊問《じんもん》した結果が信頼できるのであれば、ですが」

「訊問《じんもん》結果が正しいと仮定して……その名称は最初からそう付けられていたのでしょうか？」

「何が気になっているのですか？」

達也《たつや》は再び、質問の意図を問い返す。

「文法が合わないんですよ」

今度は夕歌《ゆうか》から答えがあった。

ただ、これだけでは意味が不明だ。達也《たつや》は視線で続きを促した。

「治療の過程で被害者から得られたデータを基《もと》に、[バベル]の魔法式をリバースエンジニアリングしてみました」

「それは凄《すご》い」

達也《たつや》は素直に称賛した。達也《たつや》もアメリカで患者の大脳に──厳密に言えば、大脳の想子体《サイオン》に──食い込んだ[バベル]の魔法式を視《、》ているが、内容は理解できなかった。彼にできたのは魔法式をありのまま書き出す──要するに丸写しすることだけだ。

しかし夕歌《ゆうか》は、その一歩先に進んだらしい。リバースエンジニアリングできたということは、[バベル]のメカニズムを部分的にであれ解明したということだろう。

あの魔法式は現代使われているものとは、古式魔法に用いられているものを含めて、既知の魔法とは文法が違いすぎた。そう簡単に理解できるものとは思えなかったが、達也《たつや》は夕歌《ゆうか》が法螺《ほら》を吹いているとは考えなかった。

「あの魔法が最初から［バベルの塔の神罰］と名付けられていたならば、その由来はキリスト教の旧約聖書と考えるべきでしょう」

「そうですね。旧約聖書の『創世記』が元ネタと考えるのが妥当だと思います」

達也《たつや》は少し補足する形で夕歌《ゆうか》の指摘を認めた。

「旧約聖書成立以前にバベルの塔の説話や伝説があった可能性は一先《ひとま》ず横に置きます。そうすると『導師《グル》の石板』が作製された時期は、どんなに古くても三千七百年前より新しいと考えられます」

「モーセが紀元前十六世紀から十三世紀の人物と考えられていますから、その推測は当を得ていると思いますよ」

一般に創世記は『モーセ五書』に数えられ、これを書いた人物は出エジプト記の主役であるモーセとされている。つまり［バベル］の命名が創世記を元ネタにしているのであればモーセよりも後の時代に作られたことになるから、古くとも紀元前十六世紀、つまり三千七百年前よりも新しいということだ。

「さらにキリスト教、ユダヤ教が拡散した歴史を考えると、紀元前に作られた物であればカバラ魔術を始めとする中東系の魔法、紀元後であればルーン魔術やドルイド魔術に代表されるヨーロッパ系の魔法構文が使われているはずです」

「古代から伝承されている魔法構文をそのまま使用しているのでは？」

達也《たつや》は合理的な反論を行ったが、どうやらその程度のことは検討済みだったようで、即座に夕歌《ゆうか》は首を横に振った。

「魔法式をリバースエンジニアリングした結果、［バベル］の魔法構文にはアヴェスター語と神代日本語の影響が強く見られました」

「……アヴェスター語は分かりますが、神代日本語、ですか？　いえ、そもそも神代日本語とは何です？　上代日本語とは違うのですか？」

「アカデミックには認められていませんし証拠も不十分ですが、上代日本語とは別系統の、祭祀《さいし》専用の古い日本語があったのです。神道《しんとう》系古式魔法の歴史を遡っていくと、神代日本語の存在を前提にした方が合理的に説明できる要素が数多く発見されています」

「そうなんですか。知りませんでした」

達也《たつや》は殊勝に頷《うなず》いて見せたが、話半分というのが彼の正直な感想だった。レリック発掘の事例で分かるように、日本に先史魔法文明が存在したのは間違いない。だが神代文字の存在については彼の立場は「十分な証拠が示されていない」だった。

「神代日本語の真贋《しんがん》は本質的な問題ではありませんので、今は棚上げにしてください」

懐疑的な心情を達也《たつや》の態度から察したのか、夕歌《ゆうか》はその点に関する議論を避けた。

「私が気になっているのはユダヤの聖典に由来する名称を付けられアメリカ西海岸で発掘された石板に記録されていた魔法に、西アジアから日本へ移動した形跡が見られるということです。あの魔法は大西洋を越えた人々によってアメリカに持ち込まれたのではなく、太平洋を越えて持ち込まれたのではないでしょうか」

「……そうですね」

達也《たつや》は咄嗟《とっさ》に、それしか口にできなかった。『導師《グル》の石板』がアジア南部から日本を経由し太平洋を越えて――横断ではなく千島列島からアラスカ沿岸経由だろうが――持ち込まれた可能性は、全く考えていなかった。

一つには石板がシャスタ山に埋まっていた経緯に関心が無かった所為《せい》だ。彼の意識は過去ではなく、未知の危険な魔法が埋もれていて今後も発掘される可能性があるという、未来にしか向いていなかった。

「一体その人々は、何故《なぜ》それ程の大移動をする必要があったのでしょうか？　まるで何かに追い立てられていたように、私には思われるのですよ」

「……敵に追われていた、と？」

「はい。あるいは、支配者に追われていたのかも。そして自分たちよりも優勢な敵、または支配者に対抗する為《ため》に『導師《グル》の石板』は作られたのかもしれません」

否定できない、と達也《たつや》は思った。

「もしそうなら言語能力を撹乱《かくらん》するより、もっと攻撃的な魔法も用意していたのではないか……。そんなことを考えてしまうのですよ」

夕歌《ゆうか》の危惧はもっともだと、達也《たつや》は思った。

そして彼は、誰が何に敵対し何に反抗したのか、それが酷《ひど》く気になり始めた……。

◇◇◇

東京《とうきょう》に戻った達也《たつや》は、深雪《みゆき》、リーナ、それに彼の専属執事である花菱《はなびし》兵庫《ひょうご》を相手に、今日真夜《まや》から告げられたことを伝えた。

「そのような事情でしたら、渡米は延期するしかありませんね……」

深雪《みゆき》は残念そうに、だが仕方が無いという諦念を滲《にじ》ませて呟《つぶや》くようにそう言った。

「何とかならないの？　だって危険なんでしょう？　下手したら世界の危機なんでしょう？」

リーナは憤《いきどお》りを隠しきれない様子だ。

「理奈《りな》お嬢様。それは達也《たつや》様もご理解なさっていると思いますよ」

兵庫《ひょうご》がリーナを宥《なだ》める。ただそのセリフから彼も、ここで足踏みするのは好ましくないと考えていることが窺《うかが》われた。

「リーナが言うように、危険な遺産の封印を先送りにはできない。だが恒星炉の普及も、俺にとっては同じくらい重要だ。このタイミングで東道《とうどう》閣下に逆らうわけにはいかない」

「光宣《みのる》君に代わりをお願いしてはどうでしょうか？」

深雪《みゆき》が光宣《みのる》を達也《たつや》の代理として派遣しては、と提案する。チベットの遺跡には光宣《みのる》が達也《たつや》に同行した。世界各地に散らばっているシャンバラの遺産の情報はそこで入手している。封印すべき危険な遺産について、達也《たつや》と同等の情報を持っているのは光宣《みのる》だ。

また遺跡に出入りするマスターキーの役目を果たす宝杖は、達也《たつや》の意思で代理権を設定できることが分かっている。

「いや、光宣《みのる》の派遣も叔母上に禁止されている。これも東道《とうどう》閣下のご意向だ」

しかしその手は、先回りして封じられていた。

「……何処《どこ》から光宣《みのる》君のことが閣下に漏れたのでしょう？」

「分からない。おそらく四葉《よつば》家内部に閣下の配下が潜んでいるのだろう」

四葉《よつば》家筆頭執事の葉山《はやま》が元老院《げんろういん》から送り込まれた監視者であることは、達也《たつや》も深雪《みゆき》もまだ知らない。

「他に何か良い手立ては無いものでしょうか……」

恒星炉プロジェクトを成功させる為《ため》には、東道《とうどう》の協力が欠かせない。少なくとも、敵に回すことはできない。

恒星炉プロジェクトの真の目的と達也《たつや》にとっての重要性を、深雪《みゆき》は良く知っている。達也《たつや》にとってこのプロジェクトの成就《じょうじゅ》は、危険な遺産を封印することに劣らない意義がある。

それはリーナも理解していた。憂い顔で考え込む深雪《みゆき》の隣で、リーナはうなり声を上げながら頭を捻《ひね》っていた。

「……日本の権力者は外圧に弱いって聞いたことがあるわ！」

少しして、リーナが「思い付いた！」という顔で声を上げる。

「日本に限ったことではないと思うが……まあ、そうだな」

国力、特に軍事力で劣る国は、外国からの圧力に抵抗できない。平和ボケの悪夢から解放されその事実を思い出した日本は、昔に比べれば外圧に対する抵抗力を付けている。それでも、国内に比肩《ひけん》する者がいない権力者から妥協を引き出す為《ため》に外圧を利用するという手法は、政治的なテクニックの一つとして今でも用いられている。

「タツヤをステイツに派遣するよう、カーティス上院議員から圧力を掛けてもらいましょう。JJからスペンサー長官に働き掛けてもらうのも手だと思うわ」

カーティス上院議員はアメリカ政界の大立て者であり、特にCIAに対して強い影響力を有しているとされている。彼は現在のスターズ総司令官でありリーナとは旧知の仲であるカノープスの大叔父に当たり、かつてスターズがパラサイト叛乱《はんらん》勢力に掌握された際に、上院議員の依頼でカノープスをミッドウェー監獄から助け出した縁がある。

またＪＪことジェフリー・ジェームズは現ＵＳＮＡ国防長官で次期大統領最有力候補のリアム・スペンサーの腹心であり、こちらも達也《たつや》とは協力関係にある。リーナの提案は実現性皆無なものではなかった。

ただリーナのプランは、無理ではなくても安直ではあった。

「リーナ、そんなに軽々しく外国とのコネを使うものではないわ。ＪＪにしても上院議員にしても、何の見返りも無く力を貸してくださる方々ではないのよ」

深雪《みゆき》がコスト面からリーナをたしなめる。

「それは……そんなに無茶なリクエストはしてこないわよ、きっと」

リーナも無償で協力が得られるとは思っていなかったようだ。

「無茶な要求はしてこないとわたしも思うわ。でもね、リーナ。貴女《あなた》の祖国は達也《たつや》様の技術を喉から手が出るほど欲しがっているのよ？」

「も、元々恒星炉は技術輸出する予定だったんだから、せいぜい恩に着せれば良いじゃない」

「恒星炉本体だけでは満足しないのではないかしら？　マジストアの製造技術を要求されたらどうするの？　あれは容易に軍事転用されるわよ」

マジストアは魔法式保存効果を持つ人造レリックのことだ。マジストアに攻撃力の高い魔法をチャージしておけば、弱い魔法資質しか持たない兵士でも一流の戦闘魔法師と同等の魔法戦力になる。

「それは……」

リーナが言葉に詰まる。彼女の表情は「気付かなかった！」ではなく「やっぱりそうなるわよね……」だった。

「いや、基本方針としては間違っていない」

しかし達也《たつや》から、リーナに対する思い掛けない援護があった。

「早期に渡米する為《ため》には、USNA政府からの働き掛けが必要だ。ただ深雪《みゆき》が言うように、こちらから依頼する形はまずいな」

もっとも達也《たつや》は一方的に、リーナに荷担したわけではない。

「ではUSNAの方から達也《たつや》様に力を貸して欲しいと言わせるように仕向けるのですか？」

深雪《みゆき》に問われた達也《たつや》は「そうだ」と頷《うなず》いた。

「何か良い手があるの？」

「リーナ、カノープス司令に警告してくれ。日本でも「バベル」の被害者を出したローラ・シモンが、大亜連合《だいあれんごう》の支援を受けてUSNAに帰国したと」

リーナの質問に、達也《たつや》はニヤリともせずそう答えた。

◇　◇　◇

ローラの日本脱出を達也《たつや》に伝えたのは文弥《ふみや》だ。

五月に進人類戦線《しんじんるいせんせん》が事件を起こした際にそのリーダーが十六夜調《いざよいしらべ》の屋敷《やしき》に逃げ込んで以来、事件が解決した後も黒羽家《くろばけ》は十六夜調《いざよいしらべ》を要注意人物として監視していた。生憎《あいにく》とローラが十六夜邸《いざよいてい》に連れ込まれた時にはタイミングが合わず見逃してしまったが、脱出の際はバッチリ目撃していて飛行機に乗るところまで見届けた。なおその尾行はローラにも、彼女を連れ出した大亜連合《だいあれんごう》・八仙《はっせん》の何仙姑《かせんこ》にも気付かれていなかった。

ローラの出国を確認した監視員から文弥《ふみや》が亜夜子《あやこ》と共にその報告を受け取ったのは当日のことで、チベットに向かう達也《たつや》がまだ沖縄《おきなわ》にいる時間だった。文弥《ふみや》はすぐにそれを達也《たつや》に報告しようとしたのだが、亜夜子《あやこ》が「チベットから戻ってくるまで余計なことは考えさせない方が良い」と言って止めた。

そのような経緯があって、達也《たつや》と深雪《みゆき》がローラのことを知ったのはチベットから帰国した翌日のことだった。

ただローラを脱出させた工作員が八仙《はっせん》の一人だということまでは黒羽家《くろばけ》もまだ摑《つか》んでいない。今のところ「大亜連合《だいあれんごう》の工作員らしい」と分かっているだけだった。

文弥《ふみや》と亜夜子《あやこ》が東京《とうきょう》の自宅に帰ってきたのは、達也《たつや》が四葉《よつば》本家から戻った時間よりも大分《だいぶ》遅かった。

「大亜連合《だいあれんごう》の動きも活発化してきたわね」

「以前、あれだけ痛い目に遭ったのに、まだ懲りないらしい」

達也《たつや》と深雪《みゆき》が住んでいる四葉家東京《よつばけとうきょう》本部のビルからワンブロック離れたマンションの自室で、まだ仕事着のままの二人はダイニングテーブルで冷たい飲み物を前に一服していた。

なお文弥《ふみや》が「以前」と言っているのは、五年前の横浜事変《よこはまじへん》を指している。

「文弥《ふみや》、あっちの方は？」

「片付いたよ。しばらくは大亜連合《だいあれんごう》に集中できそうだ」

二人はこのところ、別行動だった。FLTを襲撃した呂洞賓《りよどうひん》には一緒に対処していたが、その後はまた別行動を取っていた。文弥《ふみや》には去年から抱えている宿題があったからだ。

彼が「片付いた」と言ったのは、その案件に今日でようやくけりが付いたことを指していた。国際結社――単なる国際犯罪結社ではない――が絡《から》むその案件は首都圏における黒羽家《くろばけ》の人的ソースを少なからず食い潰していて、他の諜報《ちょうほう》活動の足枷《あしかせ》になっていた。

「あと一週間早ければ、ローラ・シモンを逃がすこともなかったんだけど」

「済んでしまったことは仕方がないわ」

口惜《くや》しそうな文弥《ふみや》を亜夜子《あやこ》が宥《なだ》める。彼女のその言葉は、自分自身にも向けられていた。文弥《ふみや》が宿題の仕上げに手を取られている間は、亜夜子《あやこ》が東京《とうきょう》方面における他の諜報《ちょうほう》活動を取り仕切っていた。

亜夜子《あやこ》を「不手際《ふてぎわ》だ」と責める者は文弥《ふみや》を含めていない。だが、彼女自身はローラの身柄を十六夜調《いざよいしらべ》に押さえられたことにも、大亜連合《だいあれんごう》のエージェントの正体を特定できていないことにも、小さくない屈辱感を覚えていた。

「文弥《ふみや》が言ったように、大亜連合《だいあれんごう》は懲りずに工作員を送り込んでくるでしょう。この前、達也《たつや》さんが始末した呂洞賓《りよどうひん》が、本当のことを言っていたなら」

大亜連合《だいあれんごう》のエリート魔法師工作員部隊である八仙《はっせん》の一人、呂洞賓《りよどうひん》は達也《たつや》の暗殺が目的だと白状した。亜夜子《あやこ》たちが直接聞いたわけではなく暗殺に成功したと早とちりをした呂洞賓《りよどうひん》が、達《たつ》也《や》に対して得意げに語ったそうだ。状況から考えて、呂洞賓《りよどうひん》のその発言には一定の信憑性《しんぴょうせい》があると思われた。

「そうだね。今度は絶対に逃がさないし、達也《たつや》さんを煩《わずら》わせもしない」

文弥《ふみや》が固い決意を口にする。

「ええ。必ず私たちで解決しましょう」

亜夜子《あやこ》もそれに、完全に同感だった。

◇　◇　◇

真夜中になり、達也《たつや》は光宣《みのる》と連絡を取った。

『僕が一人で封印してきましょうか？』

渡米が禁じられシャンバラの危険な遺物をすぐに封印することが難しくなったと達也《たつや》から聞いてすぐ、光宣《みのる》はそう申し出た。

光宣《みのる》に悪意は無い。達也《たつや》とは似た理由で、光宣《みのる》も危険な遺産はできる限り早く封印すべきだと考えている。達也《たつや》の行動原理が「深雪《みゆき》の為《ため》に」であるのと同様に、光宣《みのる》の行動原理も「水波《みなみ》の為《ため》に」だ。

光宣《みのる》と水波《みなみ》は、どちらも戦争の道具として作られた調整体。光宣《みのる》を作り出した九島家《くどうけ》の目的は兵器として用いることではなかったし、水波《みなみ》は直接遺伝子操作で生み出されたのではなく調整体の両親から生まれた存在だったが、二人の肉体を形作る遺伝子が戦争目的で開発された技術で操作されたものであるのは紛れもない事実だ。

シャンバラの遺産は、その素体として調整体を量産し、兵器として使い潰す未来につながる可能性が高い。その未来を水波《みなみ》は恐れ、悲しんだ。チベットで危険な遺産の存在を知った時から、光宣《みのる》は水波《みなみ》がそう感じると分かっていた。

だから水波《みなみ》の憂いを取り除く為《ため》に、光宣《みのる》は遺産の封印を決意した。達也《たつや》に頼まれたからではなく、彼自身がそれを望んだ。だから達也《たつや》が動けないなら自分一人で処理するという申し出は、光宣《みのる》にしてみれば当然のものだった。

そして、達也《たつや》もそれを理解していた。

「残念ながら、それも止められている」

そして、真夜《まや》も予測していた。

「高千穂《たかちほ》に監視装置は付いていないから、光宣《みのる》がUSNAに上陸しても四葉家《よつばけ》には分からない。だが俺の報告でシャスタ山一帯には監視要員が派遣されているはずだ」

『やはり、見付かったらまずいですよね』

「致命的ではないが、不自由は免《まぬが》れないだろうな」

光宣《みのる》と水波《みなみ》の文化的な生活は巳焼島《みやきしま》の仮想衛星エレベーターを通じた四葉家《よつばけ》からの補給で成り立っていた。真夜《まや》には、それを止める権限がある。達也《たつや》の裁量である程度の補給は可能だが、今に比べて品薄になることは避けられない。

光宣《みのる》がシャスタ山に降下したとして、それが必ず発見されるとは二人とも考えていない。同時にそのリスクは、ゼロではない。

「とは言え、放置するつもりも無い。ご苦労だが、光宣《みのる》は遺跡に手出しをする者がいないかどうか上空から監視してくれないか」

『了解しました。軌道の関係で二十四時間の監視は無理ですが、地中に埋まっている遺跡は二、三時間で侵入できる物でもありません。何か起これば、すぐ達也さんにお知らせします』

シャスタ山にはUSNA国内で雇った監視員が派遣されるに違いないが、彼らは真夜の手駒だ。達也《たつや》のところには迅速・正確な情報が回ってこない可能性がある。

「よろしく頼む」

達也《たつや》は真夜《まや》よりも光宣《みのる》を信頼していた。

◇◇◇

リーナが達也《たつや》の警告をカノープスに伝えたのは、翌朝のことだった。

時差の関係で、ニューメキシコのスターズ本部ではもう夕方だ。だがカノープスはその警告を受けて、すぐに会議を招集した。

三年前に起きたパラサイトの叛乱《はんらん》により、スターズは多くの人材を失った。その穴はまだ、埋め切れていない。それでも第二、第五、第七、第八、第九、第十、第十二の七部隊の隊長と第一隊の隊長代理としてミルファク大尉、第十一隊の生き残りとしてシャウラ中尉、それにスターズ主任科学者としてアビゲイル・ステューアットが会議に参加していた。

「日本に滞在しているシールズ中佐から先程警告がもたらされた」

簡単な前置きの後、カノープスは集まった幹部たちを相手にそう切り出した。

「シールズ中佐などと他人行儀な呼び方はせず、リーナで良いのではないかね」

ステューアットが挿《はさ》んだ茶々には、誰も反応しなかった。礼儀正しい無視を受けたステューアットは両肩を竦《すく》め、「一体どんな警告を？」とカノープスに訊《たず》ねた。

「先頃西海岸で発生した言語能力喪失事件が［バベル］という由来不明の魔法を使ったテロ事件だったことは皆も覚えていると思う」

「同様の事件が規模を拡大して発生する恐れがあるとシールズ中佐は述べていた」

「同様の事件がまた起こると？」

「その根拠は？」

第五隊の隊長で恒星級隊員最年長のノア・カペラ少佐がカノープスに訊《たず》ねた。

「先日の事件は魔法師犯罪結社ＦＡＩＲ《フェア》に所属するヘレン・シュナイダーという名の魔法師が引き起こしたものだ。その者よりも強力な魔法師が、同じ魔法を身に付けて日本で同様の事件を起こした。そしてその魔法師はステイツに戻っているとのことだ」

「だから中佐から警告があったのですね」

西海岸の事件に関わったシャウラ中尉が納得顔で頷《うなず》いた。

「それで、その魔法師の正体は分かっているのかね？」

再びステューアットがカノープスに質問する。

「シールズ中佐によれば、その魔法師はＦＡＩＲ《フェア》のナンバーツー、魔女のローラ・シモンだ」

「魔女……」という呟《つぶや》きが、複数の口から漏れる。ここに集まっている現在のスターズ幹部には、古式魔法に詳しい者がいない。だから「魔女」がどのような力を持ちどの程度の脅威になるか、正確に知る者もいなかった。

「ステューアット博士は「バベル」の治療法と対処法の研究を急がせてくれ。予算は必要なだけ請求してくれて構わない」

古式魔法も精神干渉系魔法もステューアットの専門外なので、研究自体は別の職員が進めている。だが彼女はスターズの研究部門統括者だ。予算と人員の配分はステューアットに任せられている。

「最優先で進めよう。古式魔法に詳しい研究者を招きたいのだが、構わないだろうか？」

「許可する。候補者のリストを送ってくれ」

「身辺調査の為《ため》だね。了解した。すぐにリストを作成しよう」

「お願いする。シャウラ中尉」

カノープスは次に、シャウラに目を向けた。

「貴官はスピカ少尉と共に惑星級を指揮してローラ・シモンの所在を捜索し、その身柄を確保せよ」

ソフィア・スピカ少尉はこの春に着任したばかりの新しい恒星級隊員で、約二ヶ月前にリーナが訪米した際、彼女のパートナーに抜擢《ばってき》された若い女性士官だ。諜報《ちょうほう》分野向きの魔法特性の持ち主で、その為《ため》の技能も修得している。

「よろしいのですか？　司法当局の領分を侵すことになりますが……」

シャウラが示した懸念《けねん》は、軍と警察、連邦軍と州政府の間で摩擦が起きないかというものだ。

「そちらは私の方で調整する」

カノープスはその懸念《けねん》を認めつつ、自分が責任を持つと明言した。

「了解しました」

シャウラが座ったまま一礼する。

カノープスはシャウラに頷《うなず》きを返した後、隊長たちの顔を見回した。

「国内の治安維持は我々の任務ではないが、未《ま》だ詳細が分かっていない魔法によるテロはステイツの脅威となりかねない。故に我々に対し、参謀本部より出動命令が下される可能性は低くないと考える。各隊はそのつもりで事態に備えてくれ」

各隊の隊長より「了解」の返事を得て、臨時ミーティングは終了した。

◇　◇　◇

「ローラ。そろそろ日本で何があったか報告してもらおう」

FAIR《フェア》の首領であるロッキー・ディーンが自分の腹心にして愛人のローラ・シモンにそう問い掛けたのは、ローラが帰国して四日目の朝、ベッドの上でのことだった。

二人とも何も着ていない。彼らはローラが帰国した当日を含めて四日間、互いの身体《からだ》を貪り合う爛《ただ》れた生活をしていた。

「申し訳ございません、閣下《マイ・ロード》。人造レリックを奪取せよとのご命令は果たせませんでした」

上体を起こしてベッドに座るディーンの隣で、ローラは一糸まとわぬ姿のまま土下座した。

「お前程の実力者が何故《なぜ》、任務に失敗したばかりか日本の術者に監禁されるようなことになったのだ？」

「はい、閣下《マイ・ロード》……」

身体《からだ》を伏せたまま顔だけを上げてディーンを見上げるローラの目は憐《あわ》れっぽく、妖しい媚《こ》びに満ちていた。

「やはり魔力が半減した状態では十分なパフォーマンスを発揮することが難しく……。不覚を取ってしまいました」

「[バベル]が重荷になったか」

「おそれながら」

「魔力が半減した」というローラのセリフを現代魔法流に言い換えるなら「魔法演算領域の半分が使えなくなった」となる。[バベル]はローラの魔法的リソースの半分を食い潰していた。

「今もデーモンに魔力を吸い取られている気がします」

「まだ足りないか」

ディーンが嗜虐《しぎゃく》的に唇を歪《ゆが》める。彼は乱暴にローラを転がし、仰向けにした彼女の両手を押さえて覆《おお》い被《かぶ》さった。

朝日が差し込む寝室がローラの嬌声《きょうせい》で満たされた。


二度寝したディーンが目を覚ましたのは、昼前だった。

隣にローラはいない。どうやら魔力は回復したようだ。彼女は魔女。性的な交わりにより魔力を回復する技を持っている。仙道では房中術と呼ばれる技術だ。

この三日間、生活に必要最低限な時間以外をずっとベッドで過ごしたのは、ディーンが性に飢えていたからでもローラが淫乱だからでもない。いや、ローラは事実として淫乱なのだが、そこには魔法的リソースを回復するという現実的な目的も存在していた。

顔を洗ったディーンがダイニングに行くと、ローラがお茶らしき物を飲んでいた。微《かす》かな酩《めい》酊《てい》を誘う香りは麻薬の類が含まれているからに違いない。

彼がその香りに気を取られている内に、ローラは椅子から立ち上がっていた。

「少しは回復したか」

深々と腰を折ったローラの背中を見下ろしながら、ディーンは声を掛けた。

「御蔭様《おかげさま》をもちまして」

ローラは殊勝な口調で答えた後、頭を上げた。

「閣下《マイ・ロード》、お飲み物は何がよろしいでしょうか」

恭《うやうや》しく問い掛けるローラに、ディーンは「食事にしてくれ」と横柄《おうへい》な口調で答えた。そして彼は、ダイニングテーブルの椅子に腰を下ろした。

ローラは従順な態度で「かしこまりました」と答え、キッチンに向かった。


ローラはディーンの分だけでなく自分の分のランチも用意して食卓を共にした。

「ローラ、お前の魔法力の低下は何とかならないのか？」

ディーンがローラにそう訊《たず》ねたのは、空になった食器が片付けられテーブルに食後酒のグラスが置かれたタイミングだった。

『導師《グル》の石板』を使って「バベル」を手に入れれば、その副作用として魔法演算領域を圧迫され今まで使えていた他の魔法が使えなくなる――。このことは事前に分かっていた。その上でディーンはローラに「バベル」を会得《えとく》させた。

その結果ローラは魔女の飛行術が使えなくなり、他の魔法も思いどおりに使えなくなった。日本で十六夜調《いざよいしらべ》の屋敷《やしき》から脱出できなかったのが「バベル」の副作用の所為《せい》というのは、彼女の負け惜しみではない。魔女術《ウイッチクラフト》が思いどおりに使えていれば、彼女は自分を閉じ込める十六夜《いざよい》調《しらべ》の魔法を打ち破り、彼の屋敷《やしき》から自力で脱出していただろう。

「それについては試してみたいことがございます」

ローラはすぐにそう返した。彼女自身、ディーンに求められる前から自分の魔法技能低下を何とかしたいと考えていたのだろう。

「試す？　何を？」

ディーンは「お前に任せる」とは言わなかった。

「閣下はご存知のことと思いますが、魔女術《ウイッチクラフト》には悪魔と契約する方法が伝わっています」

「方法が伝わっているだけだろう。実際に悪魔とやらを呼び出せた例は無いと聞いているが」

そう指摘するディーンの声は皮肉げなものだったが、揶揄《やゆ》のニュアンスはさすがに無かった。

「はい。結局、悪魔などというものは存在しなかったのでしょう。いるとすればそれは、勝利した神と敗北した神。悪魔と契約する術はあっても、神を従える魔法は知られておりません」

「つまらんな。全ては推測、いや、推測ですらないな。ほとんど根拠が無い、単なる迷信ではないか」

「はい、閣下《イエス、マイ・ロード》。仰《おつしや》るとおり神の存在にも悪魔の非存在にも確たる証拠はございません。ただ、デーモンは存在致します。何故《なぜ》なら［バベル］を私に植え付けたものはデーモンだからです」

「お前が自分の身で確かめたことだ。デーモンと呼ぶべきものの存在は疑っていない」

ディーンの口調から、皮肉なニュアンスが消えた。ローラの話が核心に近付いていることを覚《さと》ったからだった。

「私は魔女術《ウイッチクラフト》に伝わる悪魔召喚の技術を用いて［バベル］のデーモンとの再契約を試みるつもりです。デーモンをいったん私自身から切り離し、常に融合したままの状態ではなく術を使う際にのみ召喚して利用できる使い魔にできれば、魔力を損なうことなく［バベル］を用いることができます」

「なる程。［バベル］を外部端末、外付けドライブにしようと言うのだな」

ディーンがローラの魔女的な表現を現代風に言い換えた。

「はい。そう御理解していただいて結構です」

「よし、やってみろ。最悪の場合、［バベル］は放棄して構わない」

ディーンは古《いにしえ》の強力だが使い勝手が悪い魔法より、ローラが力を取り戻す方を優先した。それは愛人であるローラを大切に想《おも》っているからではなく［バベル］よりも彼女の魔女術《ウイッチクラフト》の方が、利用方法と長所・短所が詳しく分かっていて使い易《やす》いからだった。

◇◇◇

日本国防軍統合軍令部、明山《あきやま》参謀本部長。階級は少将。彼自身は魔法師ではないが、国防軍きっての親魔法師派高級士官として知られている。佐伯《さえき》少将と袂《たもと》を分かち大隊から連隊に格上げされた――同時に完全な独立部隊として師団や旅団などの上位組織の保護を失った独立魔装《どくりつまそう》連隊《れんたい》を率いる風間《かざま》大佐の、国防軍における現在の後ろ盾でもある。その代わり独立《どくりつ》魔装《ま そう》連隊《れんたい》は正式な軍務以外にも、明山《あきやま》本部長の手駒として暗躍していた。

二一〇〇年八月最後の夜。風間《かざま》は明山《あきやま》に呼び出されて彼の自宅を訪れた。

明山《あきやま》は先週末からインド・ペルシア連邦《IPU》を極秘訪問し、今日の昼前に帰国したばかりだ。風《かざ》間《ま》は明山《あきやま》の腹心として極秘訪問の事実だけは知っていた。だが、その目的は知らせられていない。だから今夜の呼び出しが、タイミングからしてIPU絡《がら》みだということは見当が付いていたが、自分が何を命じられるのかは計りかねていた。

風間《かざま》は応接室に通された後も明山《あきやま》を待つ間ずっと、今回はどのような裏仕事をさせられるのかと考えていた。だが、彼の予測は全て外れた。

「今週末、IPUがチベットに出兵する」

高級応接セットの向かい側でかしこまる風間《かざま》に、明山《あきやま》はいきなり爆弾発言を投下した。

「今週末ですか……」

IPUがチベットに出兵すること自体は、何年も前から何時《いつ》起こってもおかしくないと考えられていたことだ。軍事当局者の間では、むしろ確実に起こる未来として時期だけが未定と見《み》做《な》されていた。

だが今週末というのは、余りにも急だった。今日は火曜日。IPUが土曜日に軍事行動を起こすとしても、あと四日しかない。

「名目をうかがっても?」

風間《かざま》が明山《あきやま》に、IPUが掲げる大義名分を訊《たず》ねた。開戦のスケジュールを知っているのだ。どのような名目で戦争を始めるつもりなのか、それもIPUから聞いているはずだ。

「チベット亡命政府の出兵要請に応じて、現在の傀儡《かいらい》政府に宣戦を布告する」

果たして明山《あきやま》の答えは推測ではなく、伝聞形でもなく、断定だった。

「それはまた……。正面衝突ではありませんか」

風間《かざま》は驚きを隠せなかった。現在実質的にチベットを支配している大亜連合《だいあれんごう》の出方次第では、IPUと大亜連合《だいあれんごう》の全面戦争にもつながりかねない。

「いや、全面戦争にはならないだろう」

風間《かざま》の懸念《けねん》を読み取った明山《あきやま》は、それを否定した。

「IPUには大亜連合《だいあれんごう》と雌雄を決するつもりが無い。一方、大亜連合《だいあれんごう》には全面戦争を戦う余力が無い」

「最初はそのつもりが無くても、勝ち続けていれば欲が出るものですが」

大亜連合《だいあれんごう》には余裕が無いという分析には、風間《かざま》も同感だった。大亜連合《だいあれんごう》は二〇九五年の横浜《よこはま》侵攻作戦の失敗と二〇九七年の極東ロシア侵攻作戦の失敗のダメージから、十分に回復していない。

だがＩＰＵには、そのような制約は無い。勝利に酔って軍事行動に歯止めが掛からなくなった例は、前《さき》の大戦に限っても決して少なくない。

「ラース・シン将軍もその点は懸念《けねん》していた」

明山《あきやま》がＩＰＵで会ってきた相手は、ＩＰＵ連邦軍副司令でインド共和国軍総司令官のラース・シン中将。これは風間《かざま》が推測したとおりだった。

「そこでだ。風間《かざま》大佐、貴官に観戦武官としてＩＰＵに出向いてもらいたい」

前世紀に国際紛争の抑制と解決を表向きの目的に掲げた国際機関が設立されたが、二〇三〇年代には機能が麻痺《まひ》して無力な名目だけの存在になり二〇五〇年代に消滅している。二十一世紀末現在、そのような耳に心地が良いだけの国際機関は存在しない。

その代わりに戦場の行き過ぎた蛮行を防止する為《ため》に復活したのが、観戦武官という古い慣行だ。観戦武官の目的は本来、戦争における国威と正当性を誇示する為《ため》のもので人道目的では無かったが、今では戦後処理を有利に進める為《ため》の、戦争犯罪が無かったことの証人として利用する為《ため》に観戦武官が招かれている。観戦武官は蛮行を阻止する目的で積極的に行動するわけではない。だが第三国の目があることで、一定の抑止効果は得られる。

なお国際魔法協会は核戦争を防止する為《ため》に実力で紛争に介入するだけで、紛争の終結は目的としていない。協会として戦争犯罪の防止や被害者救済に動くこともない。自分たちは中立的な平和維持の機関ではないと、国際魔法協会は自らの限界を認めている。

そのような背景があるので、風間《かざま》が観戦武官として派遣されることは全く不自然ではない。不自然どころか、この様に秘密裏に話をする必要も無い。正式に軍令を発すれば済む。

「了解しました」

だから風間《かざま》は、この話がこれで終わりとは考えていなかった。明山《あきやま》が自分を私的に呼んだ理由が他にあるはずだと風間《かざま》は考えていた。

「なお今回の戦争で、IPUは試験的に文民の監視団を受《う》け容《い》れる。上手《うま》く機能すれば今後の新たな国際慣行となるだろう」

「文民の監視団ですか？　安全が確保できますかね」

風間《かざま》は思わず、懐疑的な応えを返してしまう。明山《あきやま》との関係を考えれば不適切な反応だが、指摘の内容自体は妥当なものだった。

ここで明山《あきやま》から、第二弾が投下される。

「イギリスのマクロード卿《きょう》とドイツのシュミット教授から監視団参加の応諾が得られている」

「……信じ難《がた》いというのが正直なところです」

風間《かざま》の声と表情が強張《こわば》っている。だが明山《あきやま》の爆弾発言に対する反応としては、むしろ控えめと言えた。明山《あきやま》が名を挙げた二名は国家公認戦略級魔法師。個人で国の軍事力の一端を担《にな》う、所謂《いわゆる》「使徒」だ。単に出国するだけでも珍しいのに、戦地に護衛の大部隊も伴わず赴くなど現代の常識では考え難《がた》いことだった。

「だが事実だ。あらかじめ言っておくと、二人の監視団参加に国際魔法協会は関与していない」

「では、監視団の他のメンバーも魔法師なのですか？」

「いや、半数が戦闘魔法師となる予定だ。無論、軍人ではない」

「その文民監視団はIPUの招待で現地入りするという理解でよろしいでしょうか」

問い掛ける風間《かざま》の声音には、憂慮が見え隠れしている。

「そうだ」

「チベットとその背後にいる大亜連合《だいあれんごう》は、監視団をIPUに味方する魔法師戦力と見做《みな》すのではありませんか？」

「そう考えるだろうな」

「ならば大亜連合《だいあれんごう》も、自分たちに味方する魔法師を中立のオブザーバーの名目で送り込んでくるのでは」

かつてUSNAと新ソ連の間で、ベーリング海峡を挟んだ局地的武力紛争が起こった。『アークティック・ヒドゥン・ウォー』と呼ばれるそれは、両国の魔法師間で行われた暗闘だ。

少数の魔法師同士の戦闘であったにも拘《かか》わらず、公式には戦争と認められていないそれが、横浜事変《よこはまじへん》以前は戦後最大の武力衝突と言われていた。強力な魔法を行使する戦闘は、重装備の軍隊同士の衝突に匹敵する破壊と殺戮《さつりく》を引き起こす。

風間《かざま》はチベットで同じような魔法戦闘が発生するのではないかと懸念《けねん》しているのだった。

「連れてくるだろうな。そうなってこそ、お互いに牽制《けんせい》し合うことで戦闘の過熱防止を期待できる」

「率直に申し上げて疑問です。中途半端《ちゅうとはんぱ》な戦力では、抑止力が作用するとは思えません」

「戦略級魔法師でも中途半端《ちゅうとはんぱ》だと？」

明山《あきやま》に気分を害した様子は無い。むしろ、風間《かざま》の意見を面白がっているようにも見えた。

「一口に戦略級魔法と申しましても、その威力は区区《まちまち》です。［オゾンサークル］は極論すれば広範囲の毒ガス攻撃であり、それを運搬手段の準備を要せず一人の魔法師で実行できるところに価値があります。奇襲による反撃を受ける恐れから侵攻を思《おも》い止《とど》まらせる抑止力にはなりますが、魔法師同士の戦闘を躊躇《ためら》わせる効果は乏しいと小官は考えます」

「なるほど、［オゾンサークル］に対する貴官の評価は理解した。では、他の戦略級魔法はどうだ？」

「本部長には釈迦《しゃか》に説法ですが、政府に対する抑止力は『戦争になればこちらも大きな被害を被る』と思わせれば成立します。つまりカタログスペックで十分です。しかし兵士に対する抑止力は恐怖を実感できるものでなければなりません。実際に威力を見せ付けておかなければ、戦闘の興奮に酔った兵士や前線指揮官を躊躇《ちゅうちょ》させることは難しいと小官は考えています」

「実戦で使用されていない魔法は抑止力として不十分というのが貴官の意見か？」

「無意味ではありませんが、不十分です。その観点からすれば、デモンストレーションのみが知られていて実際に戦場で使用されたことが無い［ヘビィ・メタル・バースト］は極東ロシアで大亜連合《だいあれんごう》に大打撃を与えた［トゥマーン・ボンバ］に抑止力として劣っています」

「ならば、抑止力として貴官が最も評価する戦略級魔法は［トゥマーン・ボンバ］か？」

「いえ、戦場に立つ将兵を恐れさせるという点では、［マテリアル・バースト］に勝る魔法は無いでしょう」

「同感だ」

すかさず明山《あきやま》が頷《うなず》く。風間《かざま》は明山《あきやま》の意図を覚《さと》って「しまった」という表情を浮かべた。動揺は一瞬で消《き》え失《う》せたが、明山《あきやま》にとっては最初から関係の無いことだった。明山《あきやま》は命令する立場であり、駆け引きを必要としないからだ。

「私もシン将軍も、最も強い抑止力を持つ魔法は［マテリアル・バースト］だと考えている。さらに言うと、マクロード卿《きょう》も同じ考えだ」

「要するに……大亜連合《だいあれんごう》が国際公法を無視してチベット人を『人間の盾』にしないように牽制《けんせい》する為《ため》には、達也《たつや》を監視団に引き入れることが必要だとお考えなのですね？」

「大亜連合軍《だいあれんごうぐん》は三年前の敗戦からまだ立ち直れていない」

明山《あきやま》は風間《かざま》の質問に、直接の答えを返さなかった。

明山《あきやま》が言う「三年前の敗戦」は、風間《かざま》が［トゥマーン・ボンバ］の使用例として挙げた戦闘と同じものを指している。極東ロシアに大軍を投入した大亜連合《だいあれんごう》は、当時まだ存命だったベゾブラゾフの［トゥマーン・ボンバ］により侵攻部隊の七割を失う大打撃を受けた。これは大亜《だいあ》連合《れんごう》の陸上兵力全体から見ても、決して低い割合ではない。特に主力戦車の損耗は大亜《だいあ》連合《れんごう》が保有する車輛《しゃりょう》の約五割に達していたと推定されている。

「現在推測される両国の戦力から考えて、短期決戦ならばIPUが勝利する可能性は高い。泥沼の消耗戦に引きずり込まれなければ、チベット解放は成るだろう」

それを避ける為《ため》の策が、観戦武官を通じた第三国の監視であり文民監視団による牽制《けんせい》というわけだ。国際世論を味方に付けて大亜連合《だいあれんごう》が伝統的に得意とする正規部隊による不正規戦を封じ込めたいと、ラース・シンは考えているのだろう。

「表の任務が観戦武官、裏の任務は達也《たつや》の説得でありますか？」

「司波達也《しばたつや》氏を文民監視団に縛り付けておくつもりはない。一、二度現地入りして、後は名簿上だけの参加で構わないとシン将軍も仰《おっしゃ》っている。シュミット教授もその形で参加するそうだ」

明山《あきやま》は風間《かざま》の問い掛けに頷《うなず》く代わりに、具体的な条件を示した。

「また、貴官だけに説得を押し付けるつもりはない。四葉家《よつばけ》には私から依頼しよう」

正直に言って説得は難しい、と風間《かざま》は思った。一時期決裂していた達也《たつや》との仲は修復済みだ。

上官と部下の関係は終了しているが、友人としての関係は、以前ほど親密ではなくても保たれている。

だから門前払いを心配しているのではない。複雑化した彼の立場がそれを許さないのではないかと風間《かざま》は考えていた。

「……本部長。USNAは本件を知っているのですか？　達也《たつや》が動くとなれば、大亜連合《だいあれんごう》や新ソ連だけでなくUSNAも警戒すると思うのですが」

風間《かざま》が最大のネックになると見ているのが、USNAとの関係だ。三年前に巳焼島《みやきしま》で、事実上達也《たつや》個人に敗北を喫して以来、USNAは彼を最大の潜在的脅威と見做《みな》しているはずだ。達《たつ》也《や》がUSNAに対して友好的なスタンスを取り続けているのは、彼の方でもそれを理解し警戒しているからだろう。

「観戦武官の件も文民監視団の件もIPUから通知しているはずだ。だが司波《しば》氏に参加を要請することはIPUからも我が国からも知らせていないし、教えるつもりも無い」

IPUのチベット出兵に関して、明山《あきやま》はUSNAと摺《す》り合《あ》わせをする——USNAのご機嫌を取るつもりはないようだ。そういう表情と口調だった。

「——了解しました。達也《たつや》と話をしてみます」

既に自分が意見を述べる段階ではない。風間《かざま》はそう理解した。

「よろしく頼む」

そして、その理解は間違っていなかった。

【2】招かれざる客

ローラ・シモンの捜索を命じられたアリアナ・リー・シャウラ中尉はその翌日、任務のパートナーに指名されたソフィア・スピカ少尉を連れて司令官室を訪ねた。

「ローラ・シモン捜索に関して相談したいことがあるとか？」

デスクの前に立つシャウラにカノープスが問い掛ける。

「はい、司令。スピカ少尉より献策がございます」

「スピカ少尉から？　聞かせてくれ」

カノープスが視線をスピカに転じる。

スターズの中では新参のスピカは緊張しながらも、その視線をしっかりと受け止めた。

「ここ数ヶ月のＦＡＩＲ《フェア》の動向から判断して、首領のロッキー・ディーンはレリックによる戦力強化を目論《もくろ》んでいると考えられます。それを利用して、ディーンとローラ・シモンを誘《おび》き出《だ》してはどうでしょうか」

スピカは諜報員《ちょうほういん》としての訓練を重点的に受けている。その経歴が反映されたプランだった。

「偽《にせ》情報を流して二人を市街地の外に誘導すると言うのだな。可能か？」

「可能性は高いと考えます」

「フム……詳細を聞こう」

カノープスの前向きな反応に、スピカは一つ息を吸い込んで説明を始めた。

「FAIR《フェア》がシャスタ山で発掘した白い石板に、既に判明している地図とは別の地図が隠されていたことにします……」

◇◇◇

大亜《だいあ》連合《れんごう》内陸部黄河中流域陝西省《せんせいしょう》。魔法師工作部隊・八仙《はっせん》の本部『太乙方院《たいいつほういん》』はこの地に設けられている。古い道教寺院に偽装したその建物に、八仙《はっせん》・藍采和《らんさいか》は八仙《はっせん》隊長の曹国舅《そうこつきゅう》に呼び出されていた。

「曹《ツアオ》隊長。藍采和《ランケイヒ》、参りました」

「ご苦労。早速だが新しい任務だ。現在の任務は別の者に引き継がせる。藍小姐《ランシヤオジエ》は潜入の準備が調い次第日本に飛んでくれ」

「了解しました」

スレンダーな漢人美女の藍采和《らんさいか》は恭《うやうや》しく頭を下げた。「何を」とは訊《き》かない。上司に対しては、説明されるまで待つのが彼女たちの流儀だ。

曹国舅《そうこつきゅう》の側もそれはしっかり心得ていて、説明不足で終わるなどということはなかった。

「任務は日本の、司波《しば》達也《たつや》の暗殺」

これを聞いて、藍采和《らんさいか》はビクッと身体《からだ》を震わせた。

「おそれながら……その者の暗殺は呂《ルウ》先生に命じられていたのでは？」

強張《こわば》った顔を伏せたまま、彼女は曹国舅《そうこつきゆう》に問い返した。

「彼は失敗した」

「……返り討ちに遭ったのですか？」

「そうだ」

藍采和《らんさいか》の背中にじんわりと汗が滲《にじ》む。夏の盛りだが、空調が故障したのではない。冷や汗だ。

藍采和《らんさいか》の得意分野は、分《わ》かり易《やす》く言えばハニートラップだ。敵を虜《とりこ》にし裏切らせる。秘密情報を吸い上げ、偽《にせ》情報をばら撒《ま》き、破壊工作を行わせる。

彼女にこれまで与えられてきた任務は主としてそういう、敵に対して間接的にダメージを与えるものだった。敵を自分で直接攻撃するミッションは、できるできないは別にして、余り経験が無かった。

他方、呂洞賓《りよどうひん》は八仙《はつせん》の中で、最も暗殺に長《た》けていた。だからこそ、摩醯首羅《まけいしゆら》とまで恐れられる魔人の暗殺という困難な任務に彼が選ばれたのだ。その呂洞賓《りよどうひん》が失敗した暗殺任務を自分にやれという。藍采和《らんさいか》は曹国舅《そうこつきゆう》に「死んでこい」と言われたような気がしていた。

「近々、ＩＰＵがチベットに対して大規模な軍事行動を起こす可能性がある」

曹国舅《そうこつきゆう》はここで、いきなり話題を変えた。

「占筮《せんぜい》でお聞きになったのですか？」

藍采和《らんさいか》が伏せていた顔を上げ曹国舅《そうこつきゅう》と目を合わせた。

曹国舅《そうこつきゅう》は限定的な予知能力者だ。占筮《せんぜい》——筮竹《ぜいちく》を用いた占いを形式的に行うことで、卦《け》を読み取るのではなく未来を聞く。予知能力者は未来を幻視することが多い。しかし彼の場合は未来の情報が幻聴の形で訪れる。神託や預言のように、何者かの声として言葉で語られるのではない。会話の声や物音、騒音。未来の自分が耳にする音が断片的に聞こえてくるのだ。

曹国舅《そうこつきゅう》はこの予知能力を、実際には形を借りているだけの「占筮《せんぜい》」と自称し、周りにもそう呼ばせていた。

「占筮《せんぜい》によれば、その軍事行動にあの男が関与してくる」

藍采和《らんさいか》の顔から本格的に血の気が引く。

「まさか……『灼熱《しやくねつ》のハロウィン』が再演されるのですか……？」

「そこまでは分からなかった。——いや、表現が適切ではなかったな。チベットにおける軍事行動に司波達也《しばたつや》を関わらせようと、ＩＰＵと日本が画策するというのが占筮《せんぜい》の結果だ」

「では彼の魔人が戦争に関与《か》するかどうかは未確定なのですね？」

藍采和《らんさいか》はホッとしたようで、顔色が少しだけ改善していた。

「そうだ。だからこそ、その未来を避ける為《ため》、早急にあの者を始末しなければならない」

「——司波達也《しばたつや》暗殺の任務、拝命しました。すぐに、日本へ発《た》ちます」

引き締まった表情で藍采和《らんさいか》が告げる。彼女の態度から動揺が消えた。［マテリアル・バースト］を使わせてはならない、その為《ため》に暗殺を成功させると覚悟を決めたのだった。

「呂《ルウ》先生が返り討ちに遭った事実に照らして、正面から戦いを挑んでもあの男には勝てないと思われる。だからこの任務に藍小姐《ランシヤオジエ》を選んだ。小姐《シヤオジエ》の魔法ならば、十分に勝算があると私は考えている」

「微力を尽くします」

そう言って藍采和《らんさいか》は曹国舅《そうこつきゆう》に、恭《うやうや》しく拱手《きようしゆ》の礼をした。

◇　◇　◇

魔法大学の夏休みは短い。八月一日から九月十日までの一ヶ月半足らず。国公立、私立を問わず、国内の大学の中では最も短い方だろう。

九月に入ると新学期に備えて実家に帰省していた学生が続々と戻ってくる。地元で実家の手伝いをしていた一条将輝《いちじようまさき》も、月が変わるのと同時に東京《とうきよう》のアパートに戻っていた。

将輝《まさき》が借りているアパートは家具家電付きだ。内装に拘《こだわ》りが無かったので、あれこれ迷わなくても済む部屋に決めた。ただし防音・防振はしっかりしている。家具も安っぽくない物件を選んだ。――選んだのは母親だが。

「マンスリーマンション」「ウィークリーマンション」という名称は二十一世紀末現在も使用されている。将輝《まさき》のアパートは「マンスリーマンション」に分類される物件だ。「マンスリー」と言っても年単位で契約する住人が多く、人の出入りはそれほど頻繁ではないが、珍しいと言う程でもない。

また三階建て、総戸数十五の小規模な建物だ。一条家《いちじょうけ》は東京《とうきょう》に別の拠点があり、仕事の際にはそこに通う、職住分離の生活だ。この点は職住一体の達也《たつや》とは対照的と言える。

小さなアパートだから一年も住んでいれば、たとえ近所付き合いは無くても「何となく見覚えがある」レベルで住人の顔は判別できるようになる。だから廊下や階段ですれ違えば、新しい入居者はそれと分かる。

金沢《かなざわ》の実家から戻ってきた将輝《まさき》は、隣《となり》の部屋から見覚えの無い女性が出てくるのを見掛けた。早めの夕食を外で摂《と》ろうと玄関の扉を開けたところで、偶然タイミングが合ったのだ。

彼に気付いたその女性は軽く会釈《えしゃく》をして、将輝《まさき》へと近付いてきた。彼の部屋は角部屋で階段の隣。アパートの外に出るには将輝《まさき》の部屋の前を通る必要がある。将輝《まさき》はその女性が外出しようとしているだけだと思った。

だがそれは彼の思い違いだった。

「――あの、私、今日引っ越してきた者です」

彼女は将輝《まさき》の前で足を止めて、笑顔と共にそう話し掛けてきた。

黒髪ロング・センター分けの髪型をしたスレンダーなその女性は、客観的に言って美人だった。美女を見慣れている将輝《まさき》でも「美しい女性《ひと》だ」と心の中で冷静に呟《つぶや》くレベルだ。

「藍川桂花《あいかわけいか》と申します。桂《かつら》の花と書いて『けいか』と読みます。短い間ですが、よろしくお願いしますね」

「短い間」というセリフに、将輝《まさき》は違和感を覚えなかった。前《さき》に述べたように、このアパートは年単位の入居者が多い。だが元々ここはマンスリーマンションと呼ばれる種類の物件だ。一、二ヶ月の短期滞在者がいてもおかしくはない。

「ご丁寧にどうも。一条将輝《いちじょうまさき》です。こちらこそよろしくお願いします」

桂花《けいか》と名乗った女性は優雅にお辞儀をして階段に向かう。やはり、外出するところだったらしい。

彼女の容姿よりもその立ち居振る舞いの美しさに目を奪われて、将輝《まさき》は部屋の前で桂花《けいか》の後ろ姿を見送った。黄昏《たそがれ》の空気に漂う花のような香りが将輝《まさき》の鼻をくすぐった。

◇　◇　◇

メイジアン・ソサエティは達也《たつや》が主導して作った組織だ。その理念や構想に四葉家《よつばけ》は関与していない。

だが決して、四葉家《よつばけ》と無関係ではない。四葉家《よつばけ》と、そのスポンサーである東道青波《とうどうあおば》の影響力が無ければメイジアン・ソサエティもメイジアン・カンパニーも誕生しなかった。四葉家《よつばけ》はカンパニーに多くの資金と人材を投入しているし、ソサエティにも密《ひそ》かにインド亜大陸出身の工作員を送り込んでいる。

その、メイジアン・ソサエティに潜り込ませたスパイから送られてきた報告で、四葉《よつば》本家ではちょっとした騒ぎが起こっていた。

九月三日、金曜日の夜。

シャンバラ探索で日本を留守にしていた間にたまった仕事の処理も一段落し通常業務に戻った巳焼島《みやきしま》での仕事を終え、達也《たつや》は自宅で寛《くつろ》いでいた。

「達也《たつや》様、失礼致します。本家の葉山《はやま》様からお電話です。ご当主様の代理で、お訊《たず》ねになりたいことがお有りだとか」

深雪《みゆき》を隣に座らせ彼女の世間話に耳を傾けていた達也《たつや》に、兵庫《ひょうご》が本家からの呼び出しを伝える。表向き葉山《はやま》は深雪《みゆき》と達也《たつや》に仕える立場という点で兵庫《ひょうご》と同格だが、今は本家当主の代理として敬って見せている。

「分かった」

達也《たつや》はすぐに立ち上がり、盗聴対策が徹底している通信室に向かう。隣に座っていた深雪《みゆき》は、当たり前のように彼の背中に続いた。

「お待たせしました」

『達也《たつや》様、お呼び立てして申し訳ございません。緊急に事情を明らかにしなければならない事案が発生したものですから』

葉山《はやま》の顔には怒りや憂いと言うより困惑の表情が浮かんでいる。

「どのような事案でしょうか」

全く心当たりが無い達也《たつや》は無駄に首を捻《ひね》るのではなく、何が起こったのか率直に訊《たず》ねた。

『今からおよそ三時間前、イギリスのマクロード卿《きょう》とドイツのシュミット教授がスリランカに到着しました。メイジアン・ソサエティを訪れたのではなくコロンボのホテルに宿を取ったことが確認されています』

「マクロード卿《きょう》はともかく、シュミット教授がご一緒ですか……」

葉山《はやま》の話に、達也《たつや》は意外感を禁じ得なかった。

ウィリアム・マクロードはメイジアン・ソサエティの設立に深く関わっている。またスリランカがかつてコモンウェルス・オブ・ネイションズ（所謂《いわゆる》『イギリス連邦』）の一員だったこともあり、半年前まで所属していたインド・ペルシア連邦《IPU》に次いでイギリスとはつながりが深い。マクロードが訪れても、それほど驚くべきことではなかった。

だがドイツのカーラ・シュミットが同行しているとなれば話は別だ。シュミットはドイツの国家公認戦略級魔法師──「使徒」だ。同盟関係にある西EU──EUは統合に失敗し第三次世界大戦中、東西に分裂。現在は西と東で冷戦状態にある──諸国内ならばともかく、そうでない外国を西EU加盟国でもないイギリスの「使徒」であるマクロードと共に訪れるなど、普通ではあり得ない。

『達也《たつや》様が関わっている事案ではないのですね？』

「初耳です」

『そうですか……』

葉山《はやま》は落胆と安堵《あんど》が綯《な》い交《ま》ぜになった表情でそっと息を漏らした。

『達也《たつや》様はインド訪問の折り、ラース・シン将軍にチベット出兵をお勧めになりましたな？』

「はい。ブハラの遺跡から目を逸《そ》らす為《ため》に。それが何か？」

『IPUに大規模な軍事行動の徴候が見られます』

「まさか、チベットに向けて？」

『そう判断するのが妥当かと』

達也《たつや》の背後では深雪《みゆき》が兵庫《ひょうご》に物問いたげな目を向けていた。

兵庫《ひょうご》は控えめな笑みを浮かべて、ただし少し残念そうに小さく頭《かぶり》を振った。彼にとってもIPUが実際に軍事作戦に踏み切るというのは、予想外の展開だったのだ。

『達也《たつや》様が本件に関わっておられないと確認できて安堵《あんど》しました。夜分遅くに失礼をいたしました』

ヴィジホンのモニターは葉山《はやま》の恭《うやうや》しい一礼を映してブラックアウトした。

葉山《はやま》の別《わか》れ際《ぎわ》の、何気ないセリフ。その意味を達也《たつや》は誤解していなかった。葉山《はやま》は達也《たつや》に、IPUのチベット出兵には関わるべからず、と釘《くぎ》を刺したのだった。

◇　◇　◇

人生は驚きに満ちている、と言う。

世の中は思いどおりにならないことばかりだ、とも言う。

だが森羅万象が因果律でつながっている以上、予測可能な出来事は決して少なくない。

九月四日、土曜日。世界を衝撃的なニュースが駆け巡った。

現代の四大国の一つ、インド・ペルシア連邦《IPU》がチベット政府に突如宣戦を布告したのだ。

通常、宣戦布告は何の前触れもなく行われるものではない。それに先立つ敵対的な外交交渉があって、最後通牒《つうちょう》、あるいはそれに類するものが突き付けられて、開戦に至る。だが今回はそういう外交交渉が一切無かった。その上、守られないことが多いルールである宣戦布告を軍事侵攻の前に、馬鹿正直に行ったのだ。

ただ宣戦布告の行為自体は予測不能でも、大軍の動員自体は隠せるものではない。IPUの動きに合わせて、大亜連合もチベットとIPUの国境に大部隊を派遣していた。

これはある意味でIPUの思《おも》う壺《つぼ》だった。IPUが掲げた大義名分が「チベット正統政府と力を合わせ大亜連合《だいあれんごう》の傀儡《かいらい》政権を打ち倒しチベット人民を解放する」というものだったからだ。チベットが大亜連合《だいあれんごう》の属国であるのは周知の事実だが、それでも名目上は独立国だ。だが大亜《だいあ》連合《れんごう》が戦闘開始前に大軍を派遣したことにより、IPUが公言したとおりの状況が形式上にも完成した。思うにIPUは、この構図を演出する為《ため》に半ば有名無実化した国際公法の規定に則《のっと》ったのだろう。

このマクロレベルのサプライズに関連して、達也《たつや》の許《もと》にもある程度予期されたミクロレベルのサプライズが訪れた。

時差の関係でIPU宣戦布告のニュースが日本に届いたのは正午過ぎのことだった。その日は町田《まちだ》のメイジアン・カンパニー事務所で書類仕事をしていた達也《たつや》は、昼食から戻ってデスクの端末でそのニュースを見ていた。

深雪《みゆき》とリーナは調布《ちょうふ》の自宅だ。藤林《ふじばやし》と真由美《まゆみ》は伊豆《いず》の魔工院《まこういん》にいる。今カンパニーの事務所には、達也《たつや》以外に二人の女性専従事務員が在席しているだけだった。事務員と言っても、四葉《よつば》家《け》に仕える魔法師なのだが。

彼女たちは兵庫《ひょうご》の父親の花菱但馬《はなびしたじま》執事から派遣されたロジスティックスの専門家だった。

個室にいた達也《たつや》に、インターホンで来客が告げられた。事務員が客の氏名を告げ面会の諾否を問う。達也《たつや》は彼が今いる部屋への案内を指示した。

ノックに続いて事務員が外から扉を開ける。彼女の背後に客の姿が見えた。来客は、久し振りに会う知人だった。

「風間《かざま》大佐。どうぞお入りください」

達也《たつや》はデスクの奥から立ち上がって風間《かざま》を室内に誘《いざな》う。真田《さなだ》とは頻繁に顔を合わせている達《たつ》也《や》だが、風間《かざま》には半年以上会っていなかった。

個室には小さな物だが、応接セットが置かれている。達也《たつや》はそのソファを風間《かざま》に勧めた。風《かざ》間《ま》が腰を下ろすのを待って、達也《たつや》もその向かい側に座る。

そのタイミングで事務員がお茶を持ってきた。この事務所で仕事をする時、達也《たつや》は普段自分で飲み物を用意している。深雪《みゆき》にも所謂《いわゆる》「お茶酌《く》み」はさせていない。だが来客がある時は別だ。ある程度の権威は演出する必要がある。

なおこの職場は女性事務員しかいないので来客時のお茶出しは彼女たちの仕事になっているが、巳焼島《みやきしま》のステラジェネレーター本社では男性秘書がお茶を出すことも多い。

――閑話休題――。

短くない雑談の後、風間《かざま》は何気ない口調で本題を切り出した。

「IPUがチベットに宣戦布告をしたニュースは達也《たつや》も知っていると思う」

この部屋で二人だけになった時から、風間《かざま》は「司波《しば》さん」や「司波《しば》専務」ではなく「達也《たつや》」という昔の呼び方を使っていた。

「ええ。大佐がいらっしゃるまで、そのニュースを見ていました」

それは多分、意識的なものだが、達也《たつや》は気にしていなかった。いや、気にならなかったと言うべきか。絆《ほだ》されもせず、反感も覚えない。彼の心は、呼ばれ方一つで揺さ振られたりはしなかった。

「その観戦武官として現地に派遣されることになった」

「大任ですね。おめでとうございます」

達也《たつや》も現代における観戦武官の意義を知っている。軍人として、キャリアに大きな箔《はく》を付ける任務だ。彼の祝辞はそういう意味合いのものだった。

「今回は各国からの観戦武官だけでなく、戦争犯罪監視の為《ため》の国際的な文民監視団が結成されることになっている」

「文民監視団？　それは、大丈夫なのですか？」

文民は戦争に参加してはならない。これは昔から変わらない戦争のルールだ。戦争で、交戦者資格を持つ軍人以外が戦闘に関与した場合は、一切の保護を受けられなくなる。実際には国際世論に配慮してそこまで酷《ひど》い扱いを受けることはないが、極論すれば無裁判処刑どころか拷問され嬲《なぶ》り殺《ごろ》しにされても文句は言えない。

「監視団の安全には万全を期すと聞いている。無論、リスクが無いとは言えないだろうが、それは参加者も覚悟の上だろう」

「狂信的な平和主義団体ではないでしょうね……？」

平和主義を掲げる武装勢力というのは昔から珍しくない。この戦後の世界にも平和を勝ち取る為《ため》に抵抗を続けていると嘯《うそぶ》く武装ゲリラは多数存在している。

「その点は心配無い。身許《みもと》は受け入れ国のＩＰＵがしっかりチェックしている。これは現在参加を表明しているメンバーのリストだが、見るか？」

今日の風間《かざま》は軍服ではなく、熱電素子を織り込んだ高機能スーツを着ている。上着がリバーシブルになっていて、夏は冷房、冬は暖房として使える。その代わり値段は普通のスーツの十倍くらいする代物だ。それでも開発当初と比較すれば大幅に値下がりしていて、今では超高級ブランド物のスーツよりは安くなっている。

そのスーツのポケットから風間《かざま》は端末ではなく折り畳んだ紙を取り出した。データの更新を考えずに一覧表を作るだけなら紙を使った方が便利な面も少なくないから、一概に時代遅れとは言えない。

達也《たつや》は差し出された紙を「拝見します」と言いながら手に取った。

折り畳まれていた紙を開いて、わずかに目を見張る。

達也《たつや》でもポーカーフェイスを保てない名前が、そこにはあった。ただその表情は「まさか」というより「そうだったのか」という色合いが濃いものだった。

そのリストの先頭にはウィリアム・マクロードの名が、そのすぐ下にはカーラ・シュミットの名が記されていた。

「マクロード卿《きょう》とシュミット教授だけでなく、他の参加者も過半数が有名な魔法師ですね……」

リストに載っている過半数の名を達也《たつや》は知っていた。日本人は含まれていないが、全員が高名な魔法師だ。――なお風間《かざま》に対する配慮か、達也《たつや》は「魔法師」のことを「メイジスト」とは言わなかった。

「しかしこのメンバーでは、文民とは名ばかりで魔法師が戦争に介入することを意図していると誤解を受けませんか」

達也《たつや》が示した懸念《けねん》は決して捻《ひね》くれた意見ではない。世間ではそのような見方をする者の方が多いかもしれない。

「誤解は実際の行動で解くしかないだろう」

風間《かざま》も間接的にではあるが、達也《たつや》の指摘を認めた。

「だがリストを見てもらって分かるとおり、監視団が戦火の巻き添えで犠牲になる懸念《けねん》は無い」

このセリフには、達也《たつや》は異論を唱えなかった。「リスクはゼロではない」と心の中では考えていたが、口に出すほど大きな可能性ではないとも、同時に思っていた。

「実はここからが本題だ」

「うかがいましょう」

風間《かざま》と達也《たつや》の視線が空中で、交わるのではなく衝突した。風間《かざま》の口調が特に変化したわけではないが、彼が口にしようとしている「本題」が自分にとって不都合なものであることを、達也《たつ》也《や》はこの段階で覚《さと》っていた。

「その文民監視団に参加してもらいたい」

風間《かざま》のセリフには「誰に」が欠けていたが、「私がですか」とは、達也《たつや》は問い返さなかった。そんなことは問うまでもなく分かり切っていた。

「その意思はありません」

反問する代わりに返された答えは、シンプルなものだった。「遠慮する」でも「都合が付かない」でもない。説得の余地を残さぬ拒絶だった。

「これは国防軍からの要請だ」

「お断りします」

「……理由を聞かせてくれないか」

風間《かざま》の口調が、やや弱気なものになった。

「本家から出国を禁じられているのですよ」

それに呼応して、達也《たつや》の語気も少し緩む。

「四葉《よつば》本家の説得はこちらで引き受ける。それならば頷《うなず》いてくれるか？」

「その時は改めてお話をうかがいます」

しかし緩んだのは口調だけで、達也《たつや》は妥協を見せなかった。

「了解した。出直してくる」

「何時《いつ》でもお越し下さい。引き受ける引き受けないは別にして、歓迎します。事前にご連絡くだされば一席設けますよ」

「そうか。楽しみにしている」

風間《かざま》はそう言って立ち上がった。

達也《たつや》は部屋を出るところまで、ではなく、事務所の出口で風間《かざま》を見送った。

◇◇◇

翌日の日曜日。風間《かざま》は早速、真夜《まや》と面会した。ただし、彼はお供だ。場所は四葉《よつば》本家ではなく都内の一流ホテルのレストランの個室で、時刻はディナータイム。昨日風間《かざま》が、ではなく明山《あきやま》参謀本部長が電話で面談を申し入れ、真夜《まや》が場所と時間を指定したという経緯だった。

「──お話は分かりました。ですが私《わたくし》の一存では御返事できかねますわ」

達也《たつや》を文民監視団に派遣して欲しいという明山《あきやま》の要請に対し、真夜《まや》はこう答えた。

「司波《しば》さんの出国を禁じているのは四葉《よつば》さんではないと仰《おつしや》る？」

明山《あきやま》は先程から達也《たつや》を「司波《しば》さん」、真夜《まや》を「四葉《よつば》さん」と呼んでいる。

「私《わたくし》共にもスポンサーが付いています。本部長閣下はご存知だと思いますけど？」

四葉家《よつばけ》が逆らえない権力者の存在を匂わされて、明山《あきやま》は愕然《がくぜん》とした表情を浮かべた。

「まさか……四葉家《よつばけ》が東道《とうどう》閣下の庇護《ひご》下にあるという噂《うわさ》は真《まこと》だったのですか……？」

「あら。結構有名な話だと思っておりましたが」

真夜《まや》は笑い声を伴わない笑みを浮かべた。

「仰《おつしや》るとおり、達也《たつや》の出国は東道《とうどう》閣下に差し止められておりますの」

「そうでしたか……」

「ですから監視団の件も、まず東道《とうどう》閣下のご許可を得てください。東道《とうどう》閣下のお許しがあれば、今回のお話も承れると思いますわ」

「──了解しました。東道《とうどう》閣下のご意向をうかがってみることにします」

強張《こわば》った顔で言う明山《あきやま》に、真夜《まや》は先程とは趣が違う、艶《あで》やかな笑顔を向けた。

◇◇◇

会食が終わり、真夜《まや》は車でホテルを後にした。

明山《あきやま》と風間《かざま》はそれを、エントランスまで出て見送った。

「……風間《かざま》大佐。ここから先は私が引き受ける」

真夜《まや》を乗せた車が走り去るのを見ながら、明山《あきやま》が風間《かざま》に話し掛ける。

「東道《とうどう》閣下を説得するには、私一人の方が都合が良い。そもそも……貴官がお目通りを許されるかどうかも分からないからな」

「──了解であります」

風間《かざま》はその言葉に反論しなかった。自分にはまだ手が届かない権力の高み、否、深淵《しんえん》があると彼は弁《わきま》えていた。

「貴官には司波《しば》さんを説得する為《ため》に国内に留まってもらっていたが、その必要は無くなった。大佐、出発の準備は調っているか？」

「完了しております」

「既に観戦武官をＩＰＵ入りさせた国もある。貴官も可及的速やかに出発してくれ」

「了解です、本部長閣下。明日、ＩＰＵへ向けて出発致します」

「そうか。頼んだぞ、大佐」

「必ずやご期待に応えます」

そう答えて、風間《かざま》は明山《あきやま》に礼式どおりの敬礼を行った。

【3】虚実反転

ローラ・シモンは死の淵《ふち》にいた。今日で三日間、彼女は一切れのパンも一滴の水も口にしていなかった。

彼女が断食《だんじき》しているのはダイエットの為《ため》ではない。美容の為《ため》でもない。魔法儀式の一環だ。ローラは一週間前から、自分の精神に融合した「バベル」のデーモンを分離すべく試行錯誤していた。知る限りの様々な魔法的手段を試してみて、彼女は自分を仮死状態に追い込むのが唯一の解という結論に達したのだった。

ただ、単に仮死状態になるだけでは、先史古代の魔法「バベル」を授けるデーモンが離れていくだけだ。飛び去ったデーモンは『導師《グル》の石板』に戻り、「バベル」は別の魔法師のものになってしまう。この先史古代の魔法を望ましい形で利用し続ける為《ため》には、仮死状態になっても「使い魔契約」が可能な状態を保っていなければならない。

断食《だんじき》で体力を削り、「使い魔契約」の準備に精神力を磨《す》り減《へ》らす。ローラは心身共に消耗し切っていた。

彼女の意識は既に、現実から遊離していた。目も耳も本来の機能を停止していた。彼女は今、幻の中にいた。

灰色の霞《かすみ》に閉ざされた黄昏《たそがれ》の世界。

自分の形すら分からなくなりそうな夢幻世界で、彼女は遂《つい》に、古の魔法文明が作り出したデーモンと向き合っていた。


「ローラ、気分はどうだ」

「閣下《マイ・ロード》……」

ディーンがベッドに横たわる自分を見下ろしている——。そう認識して、ローラは慌てて身体《からだ》を起こそうとした。

だがその動作は、ディーンの手によって押し止められる。力を失ったローラの身体《からだ》は彼の腕に抗《あらが》えなかった。

「……閣下《マイ・ロード》。申し訳ございません、お手間を取らせてしまって……」

身体《からだ》を起こそうとして、自分が点滴を受けていることはすぐに分かった。どうやら自分は限界を見誤ってしまったようだとローラは覚《さと》った。

「気にするな。私が処置したわけではない」

ディーンにそう言われて、ベッドの反対側に控えている人影に気付いた。東洋系の若い女性だ。看護師だろうか。女性の医者という可能性もある。

「治療の手配をして下さったのは朱大人《ジュダーレン》だ。次にお目に掛かる時に、お前からも御礼《おれい》を申し上げろ」

朱大人《ジュダーレン》というのは西海岸華僑《かきょう》の大立て者で、アメリカ洪門《ホンメン》幹部の朱元允《ジュユエンユン》のことだ。ディーンたちが今いる隠れ家も、朱元允《ジュユエンユン》が手配した物だった。

「かしこまりました」

「ところで、あの魔法の件は上手《うま》くいったのか？」

「はい。あの、閣下《マイ・ロード》……」

「詳しい話は明日聞く。今はゆっくり休むが良い」

何事か訴えようとしたローラの言葉を遮って、ディーンは眠るように命じた。

「……かしこまりました」

自分が弱っている自覚があるローラは、その言葉に大人しく従った。

◇　◇　◇

バンクーバー、現地時間九月七日の昼前。

「レナ、シャスタ山から発掘された白い石板を覚えていますか？」

FEHR《フェール》のリーダー、レナ・フェールは組織のご意見番的存在であるシャーロット・ギャグノンにそんな話題を向けられた。

「当然覚えています。と言いますか、まだ忘れたくても忘れられませんよ」

レナの口調は彼女にしては珍しく、愚痴っぽかった。まあ、愚痴を零《こぼ》したくなるのも当然かもしれない。レナはその白い石板絡《がら》みで前月の前半を無駄にさせられてしまったのだ。具体的には連邦軍士官がIPUに潜入する隠《かく》れ蓑《みの》にされて、帰国するまで同国内に留め置かれていた。レナにしてみれば「外国に連れ去られ拘束されていた」とさえ言いたくなる日々だった。

「あの石板に地図が隠されていたそうですよ」

「知っています。だから私たちは二週間もIPUに留め置かれたんです」

レナは今にも頰を膨らませそうな表情だ。実年齢だけでなく外見年齢に対しても子供っぽすぎる真似《まね》なので実際にはやらないだろうが、彼女の無垢《むく》な雰囲気には案外似合うかもしれない。

「いえ、中央アジアの地図ではなくてですね。何でももう一種類、シャスタ山近郊にある遺跡の地図が隠されていたらしいのです」

「シャスタ山の近くに、ですか……？　一体誰がそのようなことを？」

レナは不機嫌な表情を引っ込めて、訝《いぶか》しげに問い返した。

「噂《うわさ》の出所は分かりません。噂《うわさ》自体も石板の存在を知らない者には内容が理解できない形で語られています」

「……暗号とか？」

「いえ。噂《うわさ》の内容は『白い石板には二枚の地図が隠されている。一枚は海の彼方《かなた》、もう一枚はこの山の近くに埋もれた宝へと導く地図だ』というものです」

ギャグノンの説明を聞いて、レナはますます怪訝《けげん》な表情になった。

「この山、というのはシャスタ山のことだと考えるのが自然ですね……。その噂《うわさ》が本当なら、確かにシャーリィが言ったとおりの意味になりますが……」

しばらく首を傾《かし》げていた後、レナは二、三度、大きく頭《かぶり》を振った。

「それで、肝腎の石板は今何処《どこ》にあるのですか？」

「証拠品としてサンフランシスコ市警が保管しているはずです」

サンフランシスコ市警は証拠品保管庫から『地図の石板』が盗まれた不祥事を公表していない。当然ギャグノンもそれを知らなかった。

「それでは本当に、石板に地図が隠されているのかどうか、確かめることはできませんね。気になる噂《うわさ》ですが、私たちにできることは無さそうです」

レナは諦め顔で、いったんはそう言った。

「……いえ、やはり放置するのは止めましょう」

だが彼女はすぐに、発言を翻《ひるがえ》した。

レナの瞳が、薄らと金色《こんじき》の光を帯びている。

この瞳の色は彼女の「力」が活性化している証《あかし》だ。

「何か感じたのですか？」

それを見てギャグノンは、低い声でそう訊《たず》ねた。

レナは自身の予知能力を否定している。だがギャグノンはレナが、何らかの手段で未来を垣《かい》間見《まみ》ていると確信していた。予知——未来視でなければ、預言かもしれない。人知を超えた存在から未来を囁《ささや》かれる。それは「聖女《サント》レナ」の異名に相応《ふさわ》しい能力だった。

——たとえ本人が否定していようとも。

「何となくですが、この噂《うわさ》を放置してしまうと大きな災禍につながるような気がするのです」

「では？」

「シャスタ山に調査隊を派遣しましょう。今回は私も調査に加わります」

そう言ってレナは内線通話のスイッチを入れ、「レナです。ルイ、遼介《りようすけ》、手が空いていたら私の部屋へ来てください」とマイクに話し掛けた。

マイクのスイッチを切って一分未満、わずか数十秒で部屋の扉が叩《たた》かれる。

「——遼介《りようすけ》です。入ってもよろしいでしょうか」

レナとギャグノンが顔を見合わせる。この建物はそれほど広くない。それでも、来るのが早すぎる。まるでレナの呼び出しを待ち構えていたようなスピードだった。

「どうぞ」

レナが入室の許可を与えると遼介《りようすけ》は勢い良く、ただし乱暴な音は立てずにドアを開いた。

そして傍《はた》から見ているだけで、逸《はや》る気持ちを何とか抑え込んでいる、と分かる足取りで前に進み、レナの前に立った。

「お呼びに従い、参上しました。ミレディ、何なりとお申し付けください」

「今日は何だか一段と……その、時代がかっていますね」

レナは明らかに退《ひ》き気味だった。彼女の斜め前ではギャグノンが「ドン・キホーテ……」と呟《つぶや》いていたが、遼介《りょうすけ》はどちらも気にならなかった。ギャグノンの呟《つぶや》きは意味が分からなかったし、レナに何を言われようと彼の忠誠はダイヤモンドの如《ごと》く強固なものだからだ。

「ええと、ルイが来たらお話ししますので、座って待っていてください」

レナの指図に「分かりました」と言って遼介《りょうすけ》は自分で壁際《かべぎわ》から椅子を運び、そこに座った。


遼介《りょうすけ》に遅れること約二分、ルイ・ルーが到着した——それだって十分に早い。

まず、ギャグノンが遼介《りょうすけ》たちに噂《うわさ》について説明。そしてレナがシャスタ山遠征について、遼介《りょうすけ》とルイの意見を求めた。

「是非同行させてください！」

しかし遼介《りょうすけ》から返ってきたのは意見ではなかった。

ギャグノンが隠そうともせずため息を吐く。

「……ミレディと同じく、私も放置すべきではないと思います。ミレディが出向かれるのでしたら、私と遼介《りょうすけ》以外にミズ・シャーストリーを連れて行っては如何《いかが》でしょうか」

ルイ・ルーの方は、具体的な意見を提示した。

「アイラをですか？」

「彼女は強い。それに私や遼介《りょうすけ》と違って女性です」

「そうですね。レナには護衛が必要です」

ルイ・ルーの言葉にギャグノンが同意し、レナにアイラの参加を勧める。

「……分かりました。後程アイラの都合を確認します。後は……」

レナが言葉を切って考え込む。ただそれは、そんなに長い時間ではなかった。

「シャーリィ。先日の私立探偵……ミズ・フィールズにもう一度仕事をお願いできるかどうか連絡してみて下さい」

「分かりました」

ギャグノンは返事と同時に立ち上がり、レナの執務室であるこの部屋から出て行った。

遼介《りょうすけ》とルイ・ルーもその後に続く。

一人になったレナは「私の気の所為《せい》ならば良いのですけど……」と呟《つぶや》いた。

彼女は自分の独り言に、気付いていなかった。

◇◇◇

バンクーバーでレナたちがシャスタ山の調査について相談していたのと同じ頃。

リッチモンドの隠れ家ではローラがディーンに、この一週間の成果を説明していた。

「……では［バベル］の分離には成功したのだな？」

「はい、閣下《マイ・ロード》。［バベル］のデーモンはこの石に宿らせました」

そう言って髪をかき上げ左耳を見せるローラ。

そこには大粒のブラッドストーンがインナーコンク（外耳の中央付近に着ける軟骨ピアス）のように着いていた。「ように」というのは留め具——ポスト（シャフト）とキャッチで耳に着いているのではなく、ブラッドストーンが耳に直接癒着しているからだ。

「デーモンを目覚めさせるのに五分程かかりますが、いったん目覚めさせてしまえば短い呪文で術を行使できます。［バベル］の用途を考えればそれで問題ないかと存じます」

「そうか。良くやった」

「お褒めに与《あずか》り恐悦至極に存じます」

ディーンが笑顔で労《ねぎら》い、ローラは恭《うやうや》しく頭を下げた。

朱元允《ジュユエンユン》から派遣された看護師は昨夜の段階で帰っている。現在この隠れ家にはディーンとローラの二人だけだ。そうなると食事やティータイムの準備をするのはローラの役目となる。

「お前が淹《い》れるコーヒーも久し振りだ」

死にかけた直後にも拘《かか》わらず、今朝の朝食もローラが二人分作った。さすがにメニューは簡単な物だったが。

そして今ディーンが口にしているコーヒーとテーブルに置かれているお茶菓子もローラが用意した物だ。ただ朝食はともかく、この「コーヒー」は少々特別な物でディーンには作れないので、ローラにバリスタ役が回ってくるのも仕方がない面があった。

「この一週間、状況に変化はございましたか？」

ローラがディーンの向かい側に座って訊《たず》ねる。

「特に変化は無いな」

「そうですか……」

落胆したという程ではないが、ローラは少しつまらなそうな顔で自分の分のコーヒーに口を付けた。このコーヒーには「魔女の秘薬」が混ぜられていて、消耗した精気を補給する——分《わ》かり易《やす》い言い方をすれば「魔力」の回復を助ける効果がある。今のローラにとっては嗜好品《しこうひん》としてより実用面で必要な飲み物だった。

「だが、一つ面白い噂《うわさ》があったぞ」

「噂《うわさ》でございますか？　それは一体どのような……？」

「何でも、超古代文明レムリアの都がシャスタ山の地下に埋まっているそうだ」

嘲るような口調も皮肉げに唇を歪《ゆが》めた笑みも、ディーンがその噂《うわさ》を完全な与太話と見做《みな》していることを示していた。

「今年に入ってシャスタ山の山麓から、その都への案内図が発掘されたらしい」

「案内図……地図、ということですか」

「その案内図とやらは、白い石板のことを示しているのだろう。大方、石板を掘り出した我々を誘《おび》き出《だ》す為《ため》に州警かＦＢＩ辺りがばら撒《ま》いた噂《うわさ》に違いない。くだらぬ。アトランティスならともかく、レムリア大陸とかムー大陸とかの伝説は、近代に創作されたものだと分かっている。そんな見え透いた罠《わな》に引っ掛かるものか」

　馬鹿にし切った口調で吐き捨てるディーンは、ローラが真面目な顔で考え込んでいるのに気付いていない。

「お待ちください、閣下《マイ・ロード》」

「どうした、ローラ。余りにもくだらなすぎたか。だが私が言ったわけではないぞ。そういう噂《うわさ》が急に流れ出したというだけだ」

「いえ、もちろんレムリアの都など信じられませんが、シャスタ山一帯に魔法的な遺跡が埋もれている可能性は否定できません」

「……何を根拠に？」

　ディーンはまだ半信半疑の表情だが、完全な与太話として笑い飛ばす顔ではなくなった。

「デーモンと契約する際に、わずかにではありますが、あの『導師《グル》の石板』を作った者の残留思念に触れました」

「残留思念か。私には分からないが、お前が言うのであればそのようなこともあるのだろう。それで何が分かったのだ」

ディーンは無闇に知ったかぶりをせず、同時に大物振《ぶ》った態度で先を促した。

「あの石板を作った者の無念がデーモンに染《し》みついておりました」

「無念？」

「はい。作ったばかりの石板を、戦いに役立てることもできずに埋めて隠さなければならない無念です」

「……ちょっと待て」

ローラの報告は想定外に情報量が多いもので、ディーンは整理するのに少し時間を要した。

「石板を作った者は何かと戦っていたのか？」

「そう感じました。何者と戦っていたのかは分かりませんが」

「『導師《グル》の石板』は最初から、その為《ため》の武器として作られた？」

「厳密に言えば、武器となる［バベル］を戦闘要員の魔法師に配布する為《ため》の道具だったと思われます」

「フム……」

意外感を覚えたディーンだが、すぐに自分も［バベル］と『導師《グル》の石板』には武器としての用途以外考えなかったことを思い出した。作られた当初から、そういう用途だったというだけのことだ。意外感を覚えるには当たらないと思い直した。

「……だが、その戦いには用いられずに『導師《グル》の石板』は埋められたのだな」

「そうだと思われます。つまり、あの石板が作られた場所は、埋まっていた場所からそれほど離れていないということではないかと」

この指摘に、ディーンの目がギラリと光った。

「工房の遺跡があるということか？」

「御意」

「ならばそこには、出荷前のレリックやレリックの材料が残されているのではないか？」

「その可能性は大いにあります」

「そうだな……」

ディーンが考え込む。彼が黙考していた時間は、一分以上に及んだ。

「……あの噂《うわさ》は、全くのデマでも無かったということか？」

独り言にしては大きめの声でディーンが呟《つぶや》く。

ローラは自分に向けられた質問ではないと判断して、次の言葉を待った。

「ローラ、石板にシャスタ山付近の地図が隠されていないか、念の為《ため》に確かめてみてくれ」

十六枚の石板を組み合わせると地図らしきものができあがるのを、既にローラは突き止めていた。だがそれが何処《どこ》の地図なのかは分かっていない。もしそれがシャスタ山付近の地図ならば、地形を見ただけでそれと分かっていたはずだ。だから噂《うわさ》どおりの地図が隠されているとすれば、ローラには分からなかったものということになる。

ローラにとっては、ある意味で自分の能力が疑われている命令だった。だが彼女は一切の不満を見せずに、「かしこまりました、閣下《マイ・ロード》」と答えて丁寧に頭を下げた。

◇◇◇

九月八日、朝。達也《たつや》は四葉《よつば》本家にいた。

彼の予定表では巳焼島《みやきしま》に出勤する日だったのだが、調布《ちょうふ》の自宅にいる内にいきなり電話で出頭を命じられたのだ。

VTOLの行き先を四葉家《よつばけ》のファミリー企業が運営する小淵沢《こぶちざわ》のヘリポートに変更し、四葉家の村へ直通の秘密地下道を通って、達也《たつや》が本家の門を叩《たた》いたのは九時前のことだった。

「達也《たつや》さん。最近、アメリカ西海岸で魔法関係者の間に広まっている噂《うわさ》をご存知？」

挨拶を最低限で済ませて、真夜《まや》は早々にそんな話を切り出した。

「――いえ、魔法関係者と言うよりオカルト関係者の間に、と言うべきかしら」

「オカルト、ですか？」

訝《いぶか》しげに達也《たつや》が問い返す。「何故《なぜ》そんな話を」という顔だ。

魔法の理論的な研究が進むに連れて「魔法」と「オカルト」は人々の認識の中で離れていった。今では魔法は、オカルトと見做《みな》されていない。

「ええ。真面目な魔法研究者は、まともに取り合っていないいみたいね」

「どのような内容の噂《うわさ》ですか？」

達也《たつや》もオカルトに偏見こそ無いものの、正直なところ余り興味は無い。だが真夜《まや》が自分を呼び出してまで話題にする噂《うわさ》だ。何か意味があるのだろう。そう考えて達也《たつや》は噂《うわさ》の内容を訊《たず》ねた。

「それがね。シャスタ山に超古代文明レムリアの都市遺跡が眠っているというのですよ」

「シャスタ山の古代遺跡ですか……」

達也《たつや》は思わず独り言を口に出して呟《つぶや》いていた。

「達也《たつや》さん、貴男《あなた》がリークしたのではありませんよね？」

何故《なぜ》いきなり本家に呼ばれたのか、達也《たつや》はその理由を理解した。

「私ではありません。私がUSNAに伝えたのは、「バベル」を身に付けたローラ・シモンが密入国した日本からアメリカに戻ったことだけです」

「その警告も必要が無いもののように思われますけど……問題の噂《うわさ》と貴男《あなた》が無関係ということは分かりました」

達也《たつや》は無言で小さく頭を下げた。ここで「ありがとうございます」というのも、何だかおかしいように感じられたからだ。

「しかし、困ったことになりましたね……」

真夜《まや》はそう言って、短くため息を吐《つ》く。

「同感です」

達也《たつや》はため息こそ吐《つ》かなかったものの、似たような口調で相槌《あいづち》を打った。

「噂《うわさ》を真に受けて発掘を始めるお調子者は、必ず現れるでしょう。偶然遺跡を発見するリスクも無いとは言えません」

真夜《まや》は「困ったわ」という表情だ。シャンバラの遺跡を発見されるリスクを認識してはいても、事態を余り深刻には受け止めていない様子だ。

「お調子者で済めば良いのですが」

眉を顰《ひそ》める達也《たつや》。彼はこの状況を、真夜《まや》よりも深刻に捉えていた。

「米軍は白い石板を解析してウズベキスタンの遺跡の位置を、大まかではありますが把握していました。彼らはスターズの隊員を派遣する程度にはシャンバラが実在したことを信じています」

「米軍がシャスタ山の遺跡を探すかもしれないと考えるのですか？」

「はい。それに、米軍だけではありません。ＦＡＩＲ《フェア》は何の手掛かりも無い状態でシャスタ山の名も無き洞窟から『導師《グル》の石板』を発掘しました。彼らが遺跡の発見に成功する可能性も無視できません」

達也《たつや》は対象を定めてその情報を見通すことはできても、曖昧な興味や関心だけで必要な情報を自動的に収集することはできない。彼の「精霊の眼《エレメンタル・サイト》」は「神の目」ではないのだ。神ならぬ身の達也《たつや》は全知全能でないのは無論のこと、全知にも程遠い。

――この噂《うわさ》を流したのがスターズだということも。

――『地図の石板』が現在、ＦＡＩＲ《フェア》の手中にあるということも。

今の達也《たつや》は知らなかった。

ただ全ての背景を知らなくても、危機感を覚えて対策を立てることはできる。それが人間の知恵だ。達也《たつや》だけでなく、真夜《まや》もその知恵を持ち合わせていた。

「……達也《たつや》さん。現地に飛ぶ必要があると考えますか？」

「少なくとも、光宣《みのる》を派遣する必要はあると思います。このように申し上げるのはいささか心苦しいのですが、現地の工作員だけでは心許《こころもと》ないですから」

「ふふっ、良いのですよ。心にも無いことは言わなくても」

真夜《まや》が笑い、達也《たつや》はポーカーフェイスを守った。

「私は今すぐにでも許可してあげたいのですが、東道《とうどう》閣下のお許しを得なければなりません」

真夜《まや》の笑顔に困惑が交じったのは、東道《とうどう》を説得することの難しさを思ったからだろう。

「叔母上。まず、私からご説明申し上げようかと思うのですが」

「貴男《あなた》から……？」

真夜《まや》が葉山《はやま》と顔を見合わせる。

その意味を、葉山《はやま》が元老院《げんろういん》の支配人と知らない達也《たつや》は、本当の意味では分からなかった。この場の彼はただ、主従が当惑して顔を見合わせたとしか思っていなかった。

「……当てがあるのですか？」

許可を取る以前に、東道《とうどう》と話をすること自体の難しさがある。真夜《まや》はまだ、東道《とうどう》につながる連絡手段を達也《たつや》に教えていなかった。

「師匠——九重八雲《ここのえやくも》師を頼ってみようかと思います」

そういう懸念《けねん》を含んだ真夜《まや》の問い掛けに、達也《たつや》はそう答えた。

◇◇◇

「……というわけで、これから師匠の所へ行ってくる」

正午前に帰宅した達也《たつや》は、心配顔で待っていた深雪《みゆき》に真夜《まや》と話した内容を聞かせて、そう告げた。

「兵庫《ひょうご》さん。今日の予定はキャンセルしてください」

そして兵庫《ひょうご》にスケジュールの調整を命じた。

「かしこまりました」と答えて兵庫《ひょうご》が通信室に向かう。

一方深雪《みゆき》は、昼食の準備をするから待っていて欲しいと達也《たつや》を引き止めた。

正午のニュースが、IPUとチベット正統政府の連合軍がダージリン地方の国境地帯で大亜連合軍と一進一退の攻防を繰り広げていると伝えている。

「チベット政府軍は防衛戦に参加していないのですか？」

料理を並べ終えてテーブルに着いた深雪《みゆき》が、食事の合間に小首を傾《かし》げて達也《たつや》に訊《たず》ねた。

「現在のチベット政府には叛乱《はんらん》勢力から首都を防衛する程度の戦力しか無い。大亜《だいあ》連合《れんごう》がそれ以上の軍備を許さなかったんだ」

達也《たつや》が答えたことは特殊な経路で入手した情報ではない。多少世界の軍事情勢に興味を持っていれば調べられることだった。

「IPUは随分慎重ね。もっと強引に部隊を進めると思ってた。宣戦布告と同時に電撃戦でラサに迫ると予想していたんだけど」

これは何時もどおり食事時間になって深雪《みゆき》が作った料理を食べに来たリーナの感想だ。

「国際世論を相当気にしているようだな」

「随分慎重」と言う点は、達也《たつや》も同感だった。

「ところでタツヤ、この戦争を放っておいて良いの？　ポタラ宮の地下を調査されるとまずいんじゃない？」

リーナの問い掛けに、達也《たつや》は微《かす》かにではあるが、顔を顰《しか》めた。

「あの時はポタラ宮の地下に、あんなに重要な遺跡があるなんて知らなかったものね」

リーナは達也《たつや》の表情に反映された内心に気付いたわけではないが、このセリフには同情が交じっていた。

ブハラの遺跡に向かう際、IPU軍の注意を自分たちから逸《そ》らす為《ため》に、達也《たつや》は「チベットの首都ラサ市の、ポタラ宮の地下に大量のレリックの反応があった」と出兵を唆《そそのか》すようなことを、現地で知り合いになったラース・シン将軍に告げた。チベットに進軍しているIPU軍の司令官は、そのシン将軍だ。今回のIPUの軍事行動は明らかに、達也《たつや》の言葉が切っ掛けになっていた。

「IPU軍もポタラ宮を破壊して、宮殿が建っている丘を掘り返すような真似《まね》はしないだろう。遺跡の管理人が何かしらの隠蔽手段を用意していることを期待するしかないな……」

リーナに応じる達也《たつや》の声は苦い。この件に関して自分の言動は軽率なものだったと、彼は本気で後悔していた。

◇　◇　◇

昼食後に電話したところ、八雲《やくも》は「これから会いたい」という達也《たつや》の申し出を快く応諾した。

彼が住職を務める九重寺《きゅうちょうじ》を訪れた達也《たつや》は以前のような試練に曝されることなく——過去には山門に至る階段で八雲《やくも》本人に襲われたこともあった——、彼の弟子によって八雲《やくも》がいる本堂の奥、脇間に案内された。

急な訪問であったことを詫《わ》び、時間を割いてくれたことに謝する達也《たつや》。

八雲《やくも》は笑ってそれを受《う》け容《い》れ、達也《たつや》に用件を訊《たず》ねた。何となく、口にする前から見透かされているような感じがしたが「何時《いつ》ものことか」と達也《たつや》は気にしないことにした。

「東道《とうどう》閣下に会って話をしたい、ねぇ……」

八雲《やくも》が意中を探る目を達也《たつや》に向ける。

「理由を教えてもらえるかい」

「出国禁止の解除をお願いしたいのです」

「何の為《ため》に？」

達也《たつや》が東道《とうどう》に出国を止められていることに付いては、八雲《やくも》は関心を示さなかった。既に知っていたようだ。

「……師匠にならお話ししても良いでしょう。ですが、言うまでもなく」

「他言無用だね。心得ているよ」

そんな軽い口調では約束されても、普通なら逆に不安をかき立てられるだけだ。だが達也《たつや》はこれが八雲《やくも》の平常運転だと知っている。それに一方的な——相手にメリットが無いという意味

で——依頼をしている側として、八雲《やくも》の質問に答えないという選択肢は達也《たつや》には無かった。

「アメリカ西海岸のシャスタ山という山はご存知でしょうか」

「先住民の聖地とされている四千メートル級の火山だね。僕たちには色々と興味深い物が隠されていると昔から噂《うわさ》されている山だ」

「……済みません。その噂《うわさ》というのは、何時《いつ》頃から存在しているものなのですか？」

「んっ？　何時《いっ》って、昔からさ。僕がそれを知ったのは二十年以上前だ。それがどうしたんだい？」

達也《たつや》の問い掛けに隠しきれぬ焦《あせ》りを感じて、八雲《やくも》は訝《いぶか》しげな表情を浮かべた。

「いえ。実は最近になって流布《るふ》された噂《うわさ》が私の用事に関係しておりまして」

八雲《やくも》の目に映る、達也《たつや》が身に纏《まと》う空気から焦《あせ》りが消える。

八雲《やくも》は視線で達也《たつや》に続きを促した。

「——シャスタ山にはシャンバラの遺跡が埋まっていて、そこには戦略核に匹敵する危険な魔法的遺物が保管されています。それを封印する為《ため》に、渡米しなければならないのです」

このセリフの前に挿入されたわずかな間《ま》は、達也《たつや》の逡巡《しゅんじゅん》を反映するものだった。

「シャンバラ？　へぇ……、達也《たつや》君はシャンバラの遺跡を発見したのかい？」

八雲《やくも》は「シャンバラ」と聞いても、その存在を疑うような素振りを見せなかった。

そのことに達也《たつや》の方が意外感を覚えた。

「……師匠はシャンバラが実在していたことをご存知だったのですね」

「場所は知らなかったけどね。かつてシャンバラと呼ばれる何かがあったことは、疑っていなかったよ」

八雲《やくも》は好奇心を隠そうともしていない。

どうやらそれを満たしてやらなければ、話は先に進まないようだ。

それを理解した達也《たつや》は、シャンバラが魔法師《メイジスト》によって生活環境が保たれた、氷河期の過酷な環境から逃れる為《ため》のシェルター都市だったと説明した。

「魔法によって維持された理想郷か」

「それが唯一の真実とは断言しません。遺跡に残されていた情報から導き出した推測です」

「いや、君の解釈は間違っていないと思うよ」

無言で軽く頭を下げる達也《たつや》の前で、八雲《やくも》は軽く唸《うな》りながら何事か考え込んだ。

「都市の規模のシェルターを造る魔法技術とはね……。元老院《げんろういん》の方々がマタタビを前にした猫に化けそうだ」

不謹慎な喩《たと》えを口にして、八雲《やくも》は一声の笑いを漏らした。

「シャスタ山にシャンバラの遺跡があると、どうやって知ったんだい？」

「ポタラ宮の地下に手掛かりがありました」

「チベットの首都、ラサのポタラ宮か。確かにあそこも色々と噂《うわさ》が多い場所だね。だけど、そうすると……」

再び考え込む八雲《やくも》。

今回は中々戻ってこなかったので、達也《たつや》は「師匠」と声を掛けて注意を引いた。

「……ああ、ごめんごめん。うん、分かったよ」

「では？」

「閣下のご都合をうかがってみよう。事が事だからね。そんなに待たせないと思うよ」

「ありがとうございます」

八雲《やくも》の態度は安請け合いに見えるものだったが、達也《たつや》はその言葉を疑わなかった。

◇　◇　◇

四葉《よつば》本家に呼び出された翌日。達也《たつや》は巳焼島《みやきしま》で、前日にキャンセルした分を含めて、ステラジェネレーターの社長としての業務に取り組んでいた。

会社経営については、専門家のスタッフを大勢雇っている。だが達也《たつや》は、お飾りの社長に留まるつもりは無かった。少なくとも、決裁書を読まずに判を押すような真似《まね》はしていない。自分で経営施策を立案できなくても、自分のところに回ってきた書類は理解しようと努めていた。

本音は研究に専念したいのだが、彼の目的は魔法の新しい用途を開発することそのものではなく、それを採算ベースに乗る事業として普及させるところまで含んでいる。魔法を使った事業が社会から必要とされるようになれば、魔法師《メイジスト》を兵器として消費するのはもったいないとマジョリティも考えるようになる。その為《ため》に達也《たつや》は、恒星炉事業を自分が知らないところで頓挫させるわけにはいかなかった。

達也《たつや》は世の中を悲観し切っているのかもしれない。人道的な理念から魔法資質保有者《メイジアン》の権利を確立してもらえるとは、彼は全く考えていなかった。利益を示すことでしか、大衆を動かし社会を変えることはできないと考えている節が達也《たつや》にはあった。

だから完全に他人《ひと》任せにはできない——というのは多分、彼の若さだろう。達也《たつや》は既に成人だが、決して成熟した大人ではなかった。

そんなわけで彼は朝から忙しく働いていた。その達也《たつや》に国際電話が入ったのは午後遅く、日が大分《だいぶ》傾いた頃だった。

『ミスター、お忙しいところ失礼します』

ヴィジホンのモニターに登場したのはIPUのチャンドラセカールだった。

「いえ。私の方は、今はそれ程でも」

達也《たつや》の応えには「チャンドラセカールの方が忙しいのではないか」というニュアンスがあった。IPUは戦争の真っ直中だ。それも事実上、大亜連合《だいあれんごう》との正面衝突。本国の領土を懸けたものではないから総力戦にはならないだろうが、小競《こぜ》り合《あ》いというわけにもいかないはずだ。

チャンドラセカールは形式上、今は民間人で軍の所属ではない。だが戦略級魔法の開発者でありIPUナンバーワンの魔法学者だ。魔法が兵器としてこの戦争に投入される限り、彼女が無関係でいられるはずはなかった。

達也《たつや》のセリフの口にされなかった部分を、チャンドラセカールも理解したようだ。

『それは良かった。私の方も、まだそれほど忙しくなっていません』

彼女はこれから本格的に忙しくなりそうだと匂わせた。

「そうですか。大変ですね」

『その後に心躍る研究材料が待っていると分かれば、苦労は喜びを美味に味付けるスパイスですわ、ミスター』

「それは、ポタラ宮地下のレリックですか？」

達也《たつや》は分からない振りをしたかったが、無理だった。ポタラ宮の地下に強いレリックの反応があるとチャンドラセカールを焚《た》き付《つ》けたのは彼自身だ。

『そうです。ミスター、チベット解放が成功したら、一緒に発掘調査をしませんか？』

「よろしいのですか……？」

困惑と焦《あせ》りが次々に達也《たつや》を襲う。彼はそれを全て心の中だけに押し止め、困惑を降って湧いた幸運に対する当惑に、焦《あせ》りを待ちきれぬ好奇心にすり替えて、ヴィジホンのカメラの前で演じた。

『ええ、もちろんです。ミスターに来ていただけると、私も心強いですから』

「その為《ため》には、なるべくラサに被害を与えずに陥落させられれば良いですね」

『そうですね。発掘の手間を度外視しても、なるべく被害が少ない形で降伏させられれば良いと考えています』

そう応えた後、チャンドラセカールは冗談っぽく『だから［アグニ・ダウンバースト］は使えませんね』と付け加えた。

［アグニ・ダウンバースト］は、彼女が開発した戦略級魔法だ。IPUにはこの魔法を会得《えとく》して「使徒」になったバラット・チャンドラ・カーンが控えている。

戦況が過熱すれば、彼が戦線に投入される可能性は十分にある。

チャンドラセカールの意思とは、無関係に。


ポタラ宮地下共同発掘の誘いはいったん返事を保留にして、達也《たつや》はチャンドラセカールとの通話を終えた。

彼は今「身から出た錆《さび》」という言葉を噛《か》み締《し》めていた。あるいは「自業自得《じごうじとく》」か。

目先の探索で楽にする為《ため》に深い考えもなく、ポタラ宮の地下にレリックの強い反応があるなどとチベット侵攻を唆《そそのか》すようなことを口にした結果、実際に戦争が起こり重要な遺跡の秘密が暴かれることを心配しなければならなくなっている。

あの時点ではポタラ宮の地下にあれほど重要な遺跡が埋まっていると知らなかったとはいえ、軽率の誹《そし》りは免《まぬが》れない。達也《たつや》自身がそう感じて後悔していた。

大亜連合《だいあれんごう》の実質支配下にあっても、あの遺跡の秘密は保たれていた。大亜連合《だいあれんごう》もその前身国家もポタラ宮を調査しなかったはずはないから、遺跡には何らかの隠蔽手段があるのは確実だろう。

だが今までと違う点もある。達也《たつや》が口を滑らせてしまった為《ため》に、IPUはポタラ宮の地下に魔法的な遺物があると知って、い、る。調査は念を入れたものになるだろう。単なる宝探しのつもりで調べた大亜連合《だいあれんごう》には見抜けなかった隠蔽を、IPUは突破するかもしれない。

ポタラ宮地下のシャンバラの遺跡を守るという観点から言えば、IPUの軍事行動は失敗した方が良いかもしれない。だが達也《たつや》の立場として、IPU軍の邪魔はできない。

今回の戦争は形式上、チベット亡命政府とIPUの連合軍対チベット傀儡政府と大亜連合《だいあれんごう》の連合軍の戦いだ。ここ数年、大亜連合《だいあれんごう》は戦力を著しく損耗してきた。それに対してIPUは十年以上、大きな戦争を経験せず軍事力を蓄えてきた。

五年前ならば、大亜連合《だいあれんごう》が明らかに軍事力で優位に立っていた。だが現時点ではおそらく、この力関係は逆転している。

第三国による大規模な介入がない限り、チベットは解放されるだろう。長い年月にわたる属国支配に慣れたチベット住民がそれを望むかどうかは別にして。

ならばポタラ宮に対する軍事作戦――敵中枢制圧の為《ため》の突入――の名目で強引な調査が行われないように、ラサの支配権が平和裏に移動することを望むべきかもしれない。その為《ため》には、風間《かざま》から要請があった文民監視団に入ることも一つの選択肢だ。

ただそれは自衛の範囲を超えている。自分たちの命と権利を守る為《ため》に、という言い訳が成り立たなくなる。魔法の軍事利用に新たな口実を与えることになりかねない。

考えれば考える程、八方塞がりだった。「身から出た錆《さび》」「自業自得《じごうじとく》」に加えて「口は災いの元（口は禍《わざわい》の門《かど》）」という慣用句を達也《たつや》は嚙《か》み締《し》めていた……。

【4】二つの遺跡

ローラがディーンに『地図の石板』の解読を命じられたのが三日前。

彼女は三日間で、石板に隠されたもう一つの地図を読み解いた。最新の分析機械や人工知能を使ったのではない。学術的な方法で解読したのではなく、魔女的なやり方で答えを得たのだ。現代風に言うなら、サイコメトリで石板に宿る残留思念に同調し、思念に付随する記憶を読み取ることに成功した。

ローラが石板の情報を直接読み取れたのは魔女だからではない。少なくとも、それだけが理由ではなかった。サイコメトリによる情報の抽出はスターズでも試みられたが、上手《うま》くいかなかった。ローラに成し遂げられたのは、それに先立って同じ製作者により作られた『導師《グル》の石板』のデーモンと契約した経験があったからだ。契約の際にデーモンと対話した経験が、『地図の石板』に宿る残留思念との同調を助けたのだった。

長時間のトランス状態を経て解読に成功したローラだが、そこで精根尽きて気を失い、夕方になってようやくディーンの前に、報告の為《ため》に姿を見せた。

「――シャスタ山の北西山麓か。石板が出土したのは確か、シャスタ山の南西斜面だったな」

ローラの報告を聞いたディーンは、態《わざ》と訝《いぶか》しげな表情を浮かべて挑発的に指摘した。これは別に、ローラに対して含むところがあるのではなく、彼の性格的なものだった。

「閣下《マイ・ロード》が仰《おつしや》りたいことは理解しているつもりです」

ディーンの底意地が悪い態度にも、ローラは落ち着いた口調と表情を崩さなかった。彼女とディーンの付き合いは長い。ディーンのああいう態度は「なめられてたまるか！」と虚勢を張っていた青少年時代の生き方が習《なら》い性《せい》となったものだ。本物の悪意が込められている場合もあるが、今はそうではないとローラには分かっていた。

「二種類の石板は敵から逃れる為《ため》に、かつ敵に自分たちの拠点を知られないように、緊急措置としてあの場所に埋めたのだと思われます」

「敵？」

ディーンは「敵」という言葉に、今回もピンポイントな興味を示した。

「はい、閣下《イエス、マイ・ロード》。［バベル］が記録されていた『導師《グル》の石板』を作った技術者は『楽園』を支配する強大な敵と戦っていた『解放者』に属していた者です」

「楽園？　解放者？　何だ、それは」

「石板の製作者の残留思念から読み取った概念です。『導師の石板』を作った者は、自分たちのことを『解放者』を意味する言葉で呼んでいました」

「では『楽園』というのは敵が治めていた国のことか」

「はい、閣下《イエス、マイ・ロード》」

「……良く分からんが、まあ良い。とにかく、その『解放者』とやらの遺跡があるんだな？」

「はい、閣下《イエス、マイ・ロード》」

「その遺跡の場所は、シャスタ山の北西山麓」

「そうです。白い石板からは大体の場所しか分かりませんでしたが、ある程度近付けば正確な位置が分かると思います。デーモンにこびり付いていたものと似ている残留思念を捜せば、そこに遺跡があるはずです」

「行けば分かるのだな？」

「はい。必ずや」

ディーンが腕組みして考え込んだのは、隠れ家から一歩も出られない自分たちの現状を打破する方法がすぐには思い付かなかったからだ。

彼が考え込んでいる最中に、インターホンが来客を告げた。

「閣下《マイ・ロード》。朱大人《ジュダーレン》がお見えです」

「……お入りいただけ」

考え事の邪魔をされてディーンは気分を害していたが、この逃亡生活は全面的に、朱元允《ジュユエンユン》に依存している。居留守は使えないし、追い返すなど論外だった。

それほど広くもない家だ。ローラは朱元允《ジュユエンユン》を連れて、すぐに戻ってきた。ディーンが立ち上がって朱元允《ジュユエンユン》と挨拶を交わす。朱元允《ジュユエンユン》は生まれも育ちもハワイで『イアン・ジュール』というアメリカ名も持っている。挨拶はアメリカ流のカジュアルなものだった。

「それで、今日はどのような御用件で？　朱大人《ジユダーレン》にお目に掛かれるのは私としては常に光栄の至りですが、この愚弟の顔を見に来られただけではございますまい」

「いやいや、ロッキー。賢明なる兄弟よ。貴男《あなた》に会えるのは私としても喜びですよ。ただ賢弟が指摘したとおり、今日は訊《たず》ねたいことがあって参りました」

ここで二人が使っている「弟」という言葉は、単に「年下の男性」という意味合いでしかない。ディーンはまだ、洪門《ホンメン》の杯を受けていない。

「ご質問ですか？　何なりとお訊《たず》ねください」

ディーンは警戒感を表に出さず神妙に頭を下げた。

「大亜連合《だいあれんごう》とIPUが戦争をしていることはロッキーも知っていますね？」

朱元允《ジユエンユン》の、前振りであろう問い掛けにディーンは「知っています」と頷《うなず》いた。

「大亜連合《だいあれんごう》は劣勢に立たされています。このままではIPUにチベットを奪われることになるでしょう」

「それは存じませんでした」

「私たちにとっては恩を売るチャンスです。大亜連合《だいあれんごう》に義理はありませんが、取引の相手としてはIPUよりも望ましいでしょう」

ディーンは「そうですね」と相槌《あいづち》を打ちながら、軽い戸惑いを覚えていた。洪門《ホンメン》と大亜連合《だいあれんごう》が「義理は無い」と言い切るようなドライな関係というのは、結構意外だった。

「だからといって武器弾薬の商売は、リスクが大きすぎます」

「分かります」

今度は意外感を覚えなかった。この度《たび》の戦争で、USNAはチベット亡命政府——自称「チベット正統政府」——を支持している。これはIPUを支持し大亜連合《だいあれんごう》に敵対しているのと同義だ。アメリカ洪門《ホンメン》としては当然、USNA政府に睨《にら》まれるのは避けたいところだろう。

「そこで、目立たない形で大亜連合《だいあれんごう》に戦力を供給したいと考えています。ロッキー、『導師《グル》の石板』のような魔導書の在処《ありか》に心当たりはありませんか？」

朱元允《ジュユエンユン》の話がようやく核心に至った。［バベル］は使い方次第で敵軍に大混乱をもたらす魔法だ。朱元允《ジュユエンユン》はそんな戦局に影響を与え得る魔法を、長期間の訓練無しに修得可能な新たな石板を求めていた。

多分朱元允《ジュユエンユン》も、シャスタ山の遺跡の噂《うわさ》を聞き付けたのだろう。そしてシャスタ山の名も無い洞窟から『導師《グル》の石板』を掘り出し神罰魔法［バベル］を復活させたディーンたちのことを、その噂《うわさ》に関連付けて思い出したに違いなかった。

まるで何者かに仕組まれているみたいだ、とディーンは思った。強力な魔法的遺物が眠っている遺跡を探しに行く手立てについて悩んでいたところに、新たな魔導書発掘の相談が舞い込んだのだ。

ディーンはこれを、罠《わな》である可能性を弁《わきま》えつつ、幸運と解釈した。

「朱大人《ジュダーレン》はこの隠れ家に保管されている石板について、ご存知のことと思います」

「知っていますよ。『導師《グル》の石板』と同じ場所から発掘された物ですね。ですがその石板には、魔導書としての機能は無かったと記憶していますが」

「仰《おつしや》るとおりです。手許《てもと》にある十六枚の石板は魔導書ではなく、地図でした」

「何処《どこ》の地図なのか、分かったのですか？」

朱元允《ジュユエンユン》の目が興味の光を宿した。

「おおよその場所は分かりました。正確な位置も、現地に赴けば突き止められると思います」

「それはロッキーと、ミズ・シモンが捜索に参加すれば、という意味ですね。分かりました。貴男《あなた》たちがここを出られるように、早急に手配しましょう」

アメリカ洪門《ホンメン》はUSNAの華人社会に大きな影響力を有している。それは同時に、USNA国内の隠然たる勢力であることを意味していた。朱元允《ジュユエンユン》はその幹部で次期会長最有力候補だ。ディーンたちの指名手配を取り消させる権力は無くても、市街地を網羅する監視装置網に死角を作ったり、警察官がディーンを見付けないように手配したりすることは可能だ。

ディーンは口角が上がるのを堪《こら》えられなかった。快哉《かいさい》を叫ぶのは何とか我慢して「ありがとうございます」と言いながら頭を下げ、思いどおりに運んだことを喜ぶ笑みを隠した。

「それで、何処《どこ》を探せば良いのですか？」

「シャスタ山の北西山麓です」

ディーンは簡単に手札を明かした。口が滑ったと言うより、自分たちがいなければ遺跡は見付けられないという自信によるものだった。

◇　◇　◇

朱元允《ジュユエンユン》がディーンの隠れ家を訪れたのと同じ頃。

バンクーバーから陸路でやって来たFEHR《フェール》の一行は、シャスタ山の近くあるモーテルに宿を取った。メンバーはレナ、遼介《りょうすけ》、ルイ・ルー、それにIPUから派遣されているアイラ・クリシュナ・シャーストリーの四人だ。シャーロット・ギャグノンはバンクーバーで本部の留守を預かっている。

モーテルに着いて早々、彼女を訪ねてきた者がいた。私立探偵のルカ・フィールズ。本名、小野遥《おのはるか》だ。彼女が所属する探偵事務所にギャグノンが連絡して、予約していたこのモーテルで待ち合わせていたのだった。

遥《はるか》は、レナとアイラが泊まる部屋に招き入れられた。そこで遥《はるか》は、事前にメールで依頼されていた調査結果をレナに説明した。

「今のところ、遺跡を探している組織は無いのですね」

レナの言葉に、遥《はるか》が頷《うなず》く。

「シャスタ山付近を歩き回っているグループは増えているそうですけど、遺跡調査や発掘を本気で目的にしていると見られる集団は見当たりません。発掘ではなく監視目的で来ている組織ならば見付かりましたが」

そして遥《はるか》が付け加えた言葉に、レナは「監視ですか？」と小首を傾《かし》げた。

「はい。噂《うわさ》に釣られてやって来た人々の素性をチェックしているようですね」

「何者ですか……」

レナのセリフは質問と言うより独り言に近かった。おそらく彼女は、遥《はるか》がそこまで調べているとは考えていなかった。

「高い確率でスターズだと思われます」

しかし、答えは返ってきた。

「スターズが⁉」

レナが驚くと共に、一瞬ではあるが眉を顰《ひそ》めて不快感を露《あら》わにしたのは、スターズのイヴリン・テーラーに振り回された二週間が脳裏を過《よぎ》ったからに違いない。

「これも可能性だけの話ですが、今回の噂《うわさ》はスターズが、ターゲットにした何者かを釣り上げる為《ため》にばら撒《ま》いたものかもしれません」

「何故《なぜ》スターズがそんなことをするのです？」

「国防上の脅威となる魔法師が、レリックを欲しがっているのかもしれませんね」

レナは名も無き滝裏の洞窟から石板を掘り出したＦＡＩＲ《フェア》のローラ・シモンを思い出した。おそらく遥《はるか》も、それを念頭に置いて喋《しゃべ》っている。

これは達也《たつや》から聞いた話だが、ＦＡＩＲ《フェア》は黒い石板を使って西海岸で魔法を悪用した事件を引き起こした。達也《たつや》はただ「解決した」としか言わなかったが、もしかしたらそれは、国を揺るがす程の大事件に発展しかねないものだったのかもしれない。

そういえばローラとＦＡＩＲ《フェア》のロッキー・ディーンは指名手配を受けたまま、まだ捕まっていない。重大魔法テロ事件の容疑者として、スターズがあの二人を誘い出そうとしているというのは、十分あり得ることのようにレナには思われた。

「ご苦労様でした。今後は対象をＦＡＩＲ《フェア》のメンバーに絞って、監視を続けてください」

「分かりました。監視の精度を上げることをお望みならば人員を増やす必要がありますが、如何《いかが》なさいますか？」

一口にシャスタ山付近と言っても、その範囲は広い。現在は警察無線の傍受で観光客にしては異質な旅行者をピックアップしているだけだ。

「……そちらは現状維持でお願いします」

レナも遥《はるか》一人に任せるには無理なオーダーだと理解している。だが、人を増やせばそれだけコストが増える。ＦＥＨＲ《フェール》は潤沢な予算を持つ政府組織ではなく小規模な民間団体に過ぎない。今はイヴリンの件でスターズを通じて連邦軍予算から支払われた迷惑料で潤っているが、組織の本来の実力で言えば私立探偵を一人、長期間雇うだけでも重い負担なのである。

そんなFEHR《フェール》の懐《ふところ》具合を察しているのか、心苦しそうに言うレナの申し出を、遥《はるか》はあっさり受《う》け容《い》れた。

◇◇◇

魔法大学の新学期が始まってから、最初の日曜日。将輝《まさき》は朝から大学のサークルに顔を出し、アパートに帰宅したのは夕方近くになってからだった。

家庭用自動調理機の普及によって自炊のハードルは、少なくともスキル面では限りなく低くなっている。実家で家事を手伝ったことがないという学生も、道具（機械）さえ揃《そろ》っていれば自炊は難しくない。障碍《しょうがい》は「面倒臭い」と思う怠け心だけだ。

将輝《まさき》は入学のほぼ直後から、週の半分は自分で食事を作っている。残る半分が外食なのは手間を嫌っていると言うより、色々と付き合いがあるという面が強い。

将輝《まさき》の場合、大学の付き合いに加えて十師族《じゅっしぞく》・一条家《いちじょうけ》の跡取りとしての付き合い、さらに国家公認戦略級魔法師になったことで生じた国防軍との付き合いがある。本音を言えば「自炊の方が楽」という会食が多い。

日曜日はその手の付き合いが多い曜日だが、新学期が始まったばかりで相手が遠慮してくれているのか会食の誘いは無かった。帰宅してすぐ、将輝《まさき》は夕食の食材調達の為《ため》に再び外出した。

現代では日常的な買い物をするのに、外出は必須ではない。ずっと家の中にいても、欲しい物は大抵揃《そろ》う。それで割高になることも無い。直接店舗に出向けば特別な安売りに運良く遭遇することはある。だがそれはあくまでも運任せだ。昔のように「毎日特売」などという大袈裟《おおげさ》かつ自家撞着《じかどうちゃく》なセールス文句は、最近は余り聞かれなくなっている。

要するに、将輝《まさき》が買い物に出たのは彼の気紛《きまぐ》れだった。日常的な行動ではなかった。だから食品スーパーで隣人に声を掛けられたのも、偶然に違いなかった。

「あら⁉　一条《いちじょう》さんもお買い物ですか？」

「こんにちは、藍川《あいかわ》さん」

将輝《まさき》に話し掛けてきた女性は、つい先日アパートの隣の部屋に引っ越してきた若い女性だ。名前は藍川桂花《あいかわけいか》――と本人は名乗っている。

「夕食の買い物を、と思いまして」

「そうですか。私もなんです」

そう言いながら桂花《けいか》は、自然な動きで将輝《まさき》の隣に並ぶ。

引っ越してきたばかりと言っても、もう十日だ。隣人として、日常的な付き合いはある。また彼女は、押し付けがましくない社交性の持ち主だ。距離の取り方が上手《うま》いこともあって、将輝《まさき》は彼女を遠ざけようとせず、横に並ばせたままスーパーの通路をゆっくりと歩き始めた。

「一条《いちじょう》さんはご自分でお料理をされるんですか？」

「ええ。毎日というわけではありませんが」

「そうですか。男の人の一人暮らしですものね」

呟《つぶや》くように放たれた桂花《けいか》のセリフに、将輝《まさき》は軽い違和感を覚えた。「家事は女の仕事」「男は台所に立たない」というのは何十年も前に廃れた概念だ。まだ死滅には至っていないものの、そういう家庭内分業の信条を持つ者は今や圧倒的少数派となっている。

もっとも家事の分担自体が否定されているわけではない。「男性は仕事」「女性は家事」という性別による役割の固定が時代にそぐわないものになっているというだけだ。

しかし桂花《けいか》はその、時代にそぐわなくなっている価値観の持ち主であるようだ。――将輝《まさき》はそう思って意外感を覚えたのだった。

彼が何と応えようか戸惑っているうちに、桂花《けいか》は食材を次々にショッピングバッグへと詰めている。今時のスーパーでは店内用の買い物籠は使わない。商品には全てＩＣタグが付けられていて、会計ゾーンを通過するだけで自動的に精算される。なおクレジットを――クレジットカードとは限らない――登録していない客は、入店時にプリペイドの電子マネーを購入し、それで決済する。余った金額は何時《いつ》でも払い戻しに応じる仕組みだ。

桂花《けいか》が商品を選ぶ手際《てぎわ》には迷いが無い。買い物に慣れている感じだった。

「……一条《いちじょう》さん。献立に悩んでおられるんですか？」

達也《たつや》が真田《さなだ》からの電話を受けていたのは通信室ではなく、自宅の電話室だ。防音はしっかりしているが、尋常ではない気配を感じたのだろう。電話が終わった後、部屋の扉が外からノックされた。

「深雪《みゆき》か。入ってくれ」

達也《たつや》の声に応えて深雪《みゆき》が「お邪魔します」と言いながら、扉を開けて達也《たつや》の許《もと》へ歩み寄る。

「達也《たつや》様。真田《さなだ》少佐から何のお話だったのか、うかがってもよろしいでしょうか」

普段は真田《さなだ》から電話が掛かってきても、深雪《みゆき》がこのように内容を訊《たず》ねることはない。何時《いつ》もは大抵が仕事の打ち合わせだから、という理由もあるが、今は何か予感のようなものを覚えたのだろう。あるいは、達也《たつや》のわずかな心の揺らぎを鋭敏にキャッチしたのかもしれない。

「風間《かざま》大佐と柳《やなぎ》少佐が重傷を負った。柳《やなぎ》少佐は俺でなければ助からないそうだ」

息を呑《の》む深雪《みゆき》。たちまち、彼女の顔から血の気が引く。それは風間《かざま》や柳《やなぎ》を案じての反応ではなかった。

達也《たつや》はきっと、二人を助ける。だがそれほどの傷を巻き戻した時に、達也《たつや》を苛《さいな》む苦痛がどれほど激しいものか、それを想像したのだ。

助けに行く必要は無い。深雪《みゆき》はそう言いたかった。今の達也《たつや》は独立魔装連隊《どくりつまそうれんたい》の一員ではない。三年前に風間《かざま》の上官だった佐伯《さえき》が達也《たつや》の敵に回った時、独立魔装大隊《どくりつまそう》とは完全に決別している。

今はＦＬＴの取引先として付き合っているだけで、そこに仲間の絆《きずな》は無い。

いや、それ以前から風間《かざま》たちは達也《たつや》を利用するだけだった。達也《たつや》の方でも特務士官の立場を利用することがあったので持ちつ持たれつかもしれないが、収支は達也《たつや》の大幅赤字のはずだ。

五年前の横浜事変《よこはまじへん》の一事に絞ってみても、国防軍は達也《たつや》に払いきれない負債がある。──たとえ軍が、それを負債と認識していなくても。

深雪《みゆき》は達也《たつや》に、これ以上苦しい思いをして欲しくなかった。誇張ではない「死の苦痛」を味わうことになると分かっていて、達也《たつや》を行かせるのは耐え難《がた》かった。

だがそれは、口にできない。

結局、達也《たつや》は行く。自分の意思で。

ここで止めても、達也《たつや》を煩わせ彼の心に余計な負荷を掛けるだけだと、深雪《みゆき》は理解していた。

「……すぐに発《た》たれるのですか？」

「行き先はスリランカだ。叔母上に一言断りを入れておく必要がある」

「スリランカ、ですか？　大佐たちは一体……っ！」

そこまで口にして、深雪《みゆき》は何事かに気付いた表情になった。

「……もしかして風間《かざま》大佐たちは観戦武官として、チベットに行かれていたのでは？」

「そうだ。現地で大亜連合《だいあれんごう》軍の爆撃に遭ったらしい」

「大亜連合《だいあれんごう》は中立国の武官を攻撃したのですか⁉」

「武官だけじゃない。文民監視団も攻撃を受けたそうだ。ただそちらは同行していた魔法師《メイジスト》がシールドを張って無傷だったらしいが」

「随分強力な魔法師《メイジスト》が同行していたのですね……」

その点は達也《たつや》も同感だった。観戦武官グループも護衛の魔法師を帯同していたはずだ。だがそちらは爆撃を無害化できず、文民監視団の方は爆撃をシャットアウトしている。

文民監視団には「使徒」のマクロード、シュミットという二人のＶＩＰが参加しているから、万全の護衛態勢を調えるのは当然かもしれない。だが観戦武官の方と、護衛の魔法師のレベルに差がありすぎるようにも達也《たつや》には感じられた。

ただそれが意図的なものだとしても、今は考えるべきことではない。

「仮に出国禁止命令を無視するとしても、黙って出て行くわけにはいかないからな」

真夜《まや》がスリランカ行きに反対しても、それに従う気は無い。達也《たつや》は間接的にそう語っていた。

――やはり達也《たつや》様は、もうお決めになっている。

ヴィジホンのコンソールに向かい本家を呼び出す達也《たつや》の背中を見て、深雪《みゆき》はそう思った。

『真夜《まや》様はただ今お取り込み中です。私が代わりにお話をうかがいます』

ヴィジホンのモニターに現れたのは葉山《はやま》だった。

「では、ご当主様にお伝え願います」

達也《たつや》は無理に真夜《まや》を呼び出そうとはしなかった。一方的に伝言を残すだけでも、最低限の義理は果たしたことになると考えたのだ。

『どのような御用件でしょうか』

相談ではなく伝言と聞いて、葉山《はやま》が少し警戒した様子を見せる。

「独立魔装連隊《どくりつまそうれんたい》の真田《さなだ》少佐から救援要請がありました。観戦武官キャンプが大亜連合《だいあれんごう》軍の爆撃を受け、この攻撃で致命傷を負った柳《やなぎ》少佐の治療依頼です。国防軍との関係改善の為《ため》、私はこの救援要請を受諾しスリランカに飛びます。出国を禁じられていることは忘れておりませんが、人命に関わる緊急事態につき禁を破らせていただきます」

葉山《はやま》の表情に構わず、達也《たつや》は一気に用件を告げた。

『達也《たつや》様、申し訳ございません。このまま少しお待ちいただけますでしょうか』

葉山《はやま》は表情こそ落ち着いているが、声のトーンに焦《あせ》りが滲《にじ》んでいた。

「掛け直しましょうか?」

『いえ、それほどお待たせいたしませんので』

ヴィジホンの画面が保留状態になる。

待つ間を利用して、達也《たつや》は携帯端末で巳焼島《みやきしま》にメールを打った。内容は彼の自家用ジェットの離陸準備を行う指図。行き先にスリランカのハンバントタ国際空港を指定し、機体のチェックと往復の燃料の補給。それに専属パイロットの呼び出しだ。

上がり達也《たつや》の指示を命令の形で医療スタッフに実行させていた。

「間に合って良かったです」

達也《たつや》は風間《かざま》にこう応えた。

彼の［再成］には二十四時間以内という制限がある。「間に合って」というのは文字どおりの意味だった。

達也《たつや》がその言葉を返した直後、風間《かざま》の失った右腕の付け根に巻かれていた包帯が解けた。その代わりそこには、失ったはずの右腕があった。

「……本当にすまない。感謝の言葉も無い」

風間《かざま》は、右腕をさすっている達也《たつや》に深々と頭を下げた。

その隣ではカプセルから抜け出した柳《やなぎ》が、裸のまま上半身を四十五度倒して達也《たつや》に最敬礼をしていた。


治療の後、達也《たつや》は風間《かざま》たちと簡単に言葉を交わしただけで自分の専用機に戻った。ＩＰＵと大亜連合《だいあれんごう》の戦争監視に加わる件は話題にならなかった。

達也《たつや》を乗せた専用機はすぐに離陸し、日本時間十四日の明け方、巳焼島《みやきしま》に帰還した。

◇◇◇

スリランカから戻ってきた日は短時間の仮眠をした後、そのまま巳焼島《みやきしま》で仕事をして、達也《たつや》は午後六時過ぎに調布《ちょうふ》のマンションに帰宅した。

「お疲れ様でした」と労《ねぎら》う深雪《みゆき》の出迎えを受け、リビングで一息吐《ひといきつ》く達也《たつや》。

まるでそのタイミングを見計らったかのように、ヴィジホンの呼び出し音が鳴った。深雪《みゆき》を制して達也《たつや》が受話ボタンを押す。果たして、その電話は達也《たつや》宛に掛かってきたものだった。

ヴィジホンのモニターに登場したのは八雲《やくも》だった。彼は何時《いつ》もの飄々《ひょうひょう》とした態度ではなく事務的な口調で、一時間後に東道《とうどう》が会いたがっているので寺まで来て欲しいと告げた。

達也《たつや》は急いで身体《からだ》の汚れを落とし、髭剃《ひげそ》りなどの身だしなみを整え、スーツに着替えた。

その間に深雪《みゆき》が手配を済ませた車に乗って、達也《たつや》は九重寺《きゅうちょうじ》に向かった。

今夜の東道《とうどう》は予定を繰り上げることなく、本人が指定した時間に五分遅れで姿を見せた。

その東道《とうどう》を、達也《たつや》は平伏して迎えた。

「四葉《よつば》達也《たつや》、顔を見て話したい。面を上げよ」

畳と平行に身体《からだ》を倒している達也《たつや》に、東道《とうどう》が声を掛ける。

「はい。失礼します」

達也《たつや》は速すぎず、遅すぎず、卑屈ではなく、尊大でもなく、自然に顔を上げた。

「スリランカに渡っていたそうだな」

東道《とうどう》は達也《たつや》をジロリと見据え、いきなり言葉で切り込んだ。

「申し訳ございません。緊急事態に付き、お許しを頂戴している余裕がございませんでした」

しかし達也《たつや》は悪びれもせず、恐縮してもいない。少なくとも見た目の上では、やるべきことをやったと信じている態度だった。

この反応は、東道《とうどう》にとっても意外なものだったようだ。

「……この件で其方《そなた》を咎《とが》めるつもりはない」

そのセリフを発するまでには、明らかなタイムラグがあった。

「卑劣な騙《だま》し討ちで尽忠報国の士が失われるなどあってはならぬこと。私との約定を無視したことは本来ならば許し難《がた》い独断専行だが、其方《そなた》の行いは国益に適《かな》うものだ。その功を以《もっ》て違約の罪は相殺《そうさい》しよう」

「恐れ入ります」

達也《たつや》は畳に両手をついて、軽く頭を下げた。

不遜とも解釈できるその態度を咎《とが》めるように、東道《とうどう》が目を細める。

だが東道《とうどう》は達也《たつや》を責めるようなセリフを、ここでも口にしなかった。

「大亜連合《だいあれんごう》の蛮行には、我々も怒りを懐《いだ》いている」

「それは、元老院《げんろういん》の皆様がお怒りになっているという意味ですかな？」

八雲《やくも》が横から東道《とうどう》に問い掛けた。彼の態度は達也《たつや》以上に元老院《げんろういん》の権威を軽く見ているように感じられるものだが、東道《とうどう》は全く気にした素振りを見せなかった。東道《とうどう》は自分が権力に溺れぬよう、八雲《やくも》には敢《あ》えて自由にものを言わせているのかもしれない。

「年甲斐《としがい》も無く、過激なことを言い出す者が多くてな。難儀しておる」

「ははぁ……元老院《げんろういん》は強硬姿勢に傾いておられるようで」

「そうなのだ。困ったことにな」

そう言って東道《とうどう》は小さなため息を吐《つ》いた。この国で絶大な陰の権力を持つ彼にも、同格の権力者たちの間では、思いどおりにならないことがあるようだ。

東道《とうどう》は気を取り直して達也《たつや》に目を向け、彼のことを何時《いつ》もどおり「四葉達也《よつばたつや》」と呼んだ。

「元老院《げんろういん》は国辱を晴らす為《ため》、チベットの戦争に其方《そなた》が介入すべきだという意見でまとまった。ただそれを其方《そなた》に強制はしない」

「閣下がストッパーになってくださったのですな」

八雲《やくも》がまたしても横から口を挿《はさ》んだ。

今回、東道《とうどう》は反応しなかった。それは、無言の肯定だった。

「四葉達也《よつばたつや》。其方《そなた》は今後、自由に出国できる。その自由が、元老院《げんろういん》によって保障されることに

『承知しました。八時で良いですか？』

「水波《みなみ》も一緒に連れてきてはどうだ？　一周する間で良ければ歓待しよう」

高千穂《たかちほ》は約四時間で地球を周回している。達也《たつや》の言う「一周」はその意味だ。

『ありがとうございます。お言葉に甘えます』

二人は明晩の再会を約して通信を切った。

◇◇◇

世界情勢は緊張の度を高めているが、今のところ日本の日常は崩れていない。魔法大学も通常どおりに講義と実習を行っていた。達也《たつや》は例によって自主休講だが、深雪《みゆき》は今日も真面目に朝から講義を受けている。

ランチタイム、深雪《みゆき》はリーナと一緒に学食にいた。二人が座るテーブルには大勢の視線が集まっていたが、馴《な》れ馴《な》れしく近寄ってきて彼女たちを煩わせる学生はいない。今時の大学生はそれなりに節度を弁《わきま》えているという要因もあるが、それ以上に深雪《みゆき》の美貌と実力と家柄が「畏れ多い」という気持ちを一般的な学生に与えているのだった。

声を掛けてくるのは四葉《よつば》家《け》と同じ十師《じゅっし》族《ぞく》、あるいはそれに見劣りしない名門の出身者や深《み》雪《ゆき》の魔法力に畏縮《いしゅく》しない実力者、彼女に用がある学生といったところだ。

「深雪《みゆき》先輩、ご一緒してもよろしいでしょうか」

自然にトーンが上がった声でそう話し掛けてきたのは家柄と実力、双方の条件に当てはまる一高の後輩、七草泉美《さえぐさいずみ》だった。

「ええ。リーナも良いわよね？」

深雪《みゆき》が向かい側に座っているリーナに一応、訊《たず》ねる。

「もちろん良いわよ。ところでイズミ、そちらの方は？」

リーナが椅子に座ったまま、泉美《いずみ》の顔を見上げて訊《たず》ねる。厳密に言えば、リーナの顔は泉美《いずみ》に向けられていたが、視線はその隣に向いていた。

「確か、鶴画《つるが》さんでしたよね。一条《いちじょう》さんのご友人の」

答えは泉美《いずみ》ではなく深雪《みゆき》からもたらされた。

「は、はい。鶴画《つるが》黄里恵《きりえ》です。私はその、三高の後輩で将輝《まさき》さんの遠い親戚です。友人なんて畏れ多いです」

「そうでしたか。とにかく、お掛けください」

深雪《みゆき》がそう言うのと同時に、リーナが席を立ちランチのトレーを持って深雪《みゆき》の隣に移動した。

「ミユキに話したいことがあるんでしょう？　向かい側に座るよう促した。

そしてリーナが黄里恵《きりえ》と泉美《いずみ》に、向かい側に座るよう促した。

泉美《いずみ》が笑顔で深雪《みゆき》の向かい側に、黄里恵《きりえ》は怖《お》ず怖《お》ずとリーナの正面に腰を下ろした。

「ミユキに相談があるのはツルガさんじゃないの？」

リーナが呆《あき》れ顔《がお》を泉美《いずみ》に向ける。深雪《みゆき》は微笑《ほほえ》ましげに泉美《いずみ》を見ていた。

「ところで泉美《いずみ》ちゃん、お食事は？」

「お気遣いありがとうございます。ですが私たちは前のコマが臨時休講でしたので、既に済ませております」

深雪《みゆき》に気を遣われたからといって泉美《いずみ》は燥《はしや》いだりせず、容姿に相応《ふさわ》しい落ち着いた物腰で答えを返した。彼女もちゃんと成長しているようだ。

「そう。だったら、わたしたちだけで申し訳ないけど、食事をしながらお話を聞かせてもらっても良いかしら」

「は、はい。もちろんです。実は……」

緊張に強張《こわば》った顔で、黄里恵《きりえ》は話し出した。その内容は「将輝《まさき》の様子がおかしい」というもの。最近は黄里恵《きりえ》だけでなく親友の吉祥寺《きちじようじ》が話し掛けても上の空で、言葉が返ってきても要領を得ないことが多いという話だった。

「何だかそれって、恋患《わずら》いみたいね」

深雪《みゆき》と一緒に黄里恵《きりえ》の話を聞いていたリーナがポツリと呟《つぶや》く。

「恋患《わずら》い？　恋に落ちると上の空になるの？」

その独り言に、深雪《みゆき》が反応した。

「えっ、深雪《みゆき》先輩……？」

泉美《いずみ》が「まさか⁉」という表情で深雪《みゆき》を凝視した。

「あーっ、全員に同じ症状が出るわけじゃないから」

リーナは「察した」という表情で頭を掻《か》いた。

「それにミユキの場合は、最初から恋じゃなくて愛だったんじゃないの？」

「あらっ、わたしって初恋も未経験だったのかしら？」

「そうかもね。……ところで」

深雪《みゆき》に向かって大袈裟《おおげさ》に肩を竦《すく》めたリーナが、黄里恵《きりえ》に目を向けた。

「ツルガさん、どうしたの？　何だかショックを受けているみたいだけど」

リーナのこのセリフに、深雪《みゆき》と泉美《いずみ》の視線も黄里恵《きりえ》に集まった。

「……薄々そうなんじゃないかと思っていました。やっぱり将輝《まさき》さんの本命は、司波《しば》先輩だったのでしょうか……？」

黄里恵《きりえ》は涙を堪《こら》えるように俯《うつむ》いた。

「んーっ……今回は多分、違うと思うわ」

だがあっさり否定されて、黄里恵《きりえ》が勢い良く顔を上げる。

「さっきのマサキ、様子が変だったし」

リーナと深雪《みゆき》は教室を移動する途中で、吉祥寺《きちじょうじ》を連れた将輝《まさき》に会っていた。

「そうだったかしら？」

「ミユキは気が付かなかった？　彼、貴女《あなた》のことを醒《さ》めた目で見てたわよ」

リーナの指摘に、深雪《みゆき》が小首を傾《かし》げる。

「普通だったと思うけど……」

「彼が貴女《あなた》に普通の目を向けてくるなんて異状よ」

「異状……？」

深雪《みゆき》も口を開き掛けていたが、そのフレーズに反応したのは黄里恵《きりえ》が先だった。

「ええ、異状」

リーナが頷《うなず》き、その自分の言葉に触発されたように「……そうね」と呟《つぶや》いた。

「あれはただの恋患《わずら》いという感じではなかったわね。彼の周りで何かおかしなことが起こっていないかどうか、一度詳しく調べた方が良いわよ」

「――分かりました。確認してみます」

黄里恵《きりえ》が決意を固めた顔で頷《うなず》いた。

◇　◇　◇

九月十五日、水曜日の夜。旧暦では八月十三日、中秋の名月の二日前だ。よく晴れた空には、満月に近い月が懸かっている。隠し事をするには適した夜では無いが、さいわいここ、巳焼島《みやきしま》は太平洋に浮かぶ島。絶海の孤島と言えるほど他の陸地から離れてはいないが、周囲の目を気にしなくて良い程度には僻地《へきち》だ。

午後八時。達也《たつや》と深雪《みゆき》、リーナが見守る先に、衛星軌道上から光宣《みのる》と水波《みなみ》が降りてきた。

五人は仮想衛星エレベーターの離着陸場から、達也《たつや》と深雪《みゆき》が巳焼島《みやきしま》滞在の際に使っているマンションに移動した。全員で夕食を摂《と》った後、ダイニングには女性三人が残ってティータイムを楽しんでいる。そして達也《たつや》はマンションの隣に建っている管理ビル——四葉家《よつばけ》巳焼島《みやきしま》支部の地下、彼の個人ラボに光宣《みのる》を連れてきていた。

「それでは頼む」

「お預かりします」

達也《たつや》はシャンバラの宝杖をここに保管していた。

「達也《たつや》さん。大規模破壊魔法、仮称［天罰業火《ラス・フレイム》］を記録した石板を取り外せない場合のことですが……」

達也《たつや》たちは遺跡に残された危険な魔法の封印方法として、当該魔法を記録した石板の魔導書を遺跡から取り外して回収するというスキームを考えていた。

「本当に遺跡を破壊しても良いのでしょうか？」

そして魔導書が遺跡の壁から取り外せなかった場合、遺跡自体を破壊することで危険魔法を葬《ほうむ》り去《さ》るという方針を決めていた。

「気持ちは分かる。俺も人類の共有財産となるべき文化遺産を破壊することには、躊躇《ためら》いを覚える」

その方針を光宣《みのる》がここで再確認したのは、達也《たつや》と同じ躊躇《ちゅうちょ》を抱えているからだった。

「だが今の俺たちには危険すぎる代物だ。未来の人類には詫《わ》びようもないが、今の文明を未来に存続させることを償いにしよう」

「滅びてしまったシャンバラと違って、ですか」

「それを未来の人類がありがたがるという保証は無いがな」

「そうですね。未来人にとっての最善なんて僕たちには分かりませんから。僕たちは、僕たちにとっての最善を目指すしかありません」

「そういうことだ」

「……ありがとうございます、達也《たつや》さん。迷いが晴れました」

「それは良かった」

照れ臭そうな笑みを浮かべる光宣《みのる》に、達也《たつや》は真面目腐った表情で頷《うなず》いた。

女性グループはお茶会らしく、もう少し砕けた会話をしていた。定番の流行《はや》っているファッションやスイーツの話題、共通の知人の話題、それに——少し生々しい話。

「……ねぇ、ミナミ。前から訊《き》いてみたいと思ってたんだけど」

問い掛けるリーナの目は煩悩《ぼんのう》に濁っていた。

「はい、何でしょうか」

しかし水波《みなみ》はそれに気付いていない。無警戒なまま質問を促した。

「ミナミとミノルって普段は何してるの？」

「何を……とは？」

リーナの質問の意図が分からず、水波《みなみ》が首を傾《かし》げる。

「宇宙ではずっと同じ部屋にこもっているようなものでしょう？」

「寝室は分かれていますけど？」

高千穂《たかちほ》は、宇宙ステーションとしてはかなり大きい。巨大と言っても過言ではない。二人で暮らすには、十分な広さがある。

「でもミナミたちって、眠らなくても大丈夫なんでしょう？」

「全く眠らないわけではありませんが、そうですね。睡眠の頻度は低くなりました」

「じゃあやっぱり、同じ部屋で過ごす時間が長いわけじゃない？」

「それは……そうですね」

「高千穂《たかちほ》は地上の住宅以上に自動化されているし施設管理用のパラサイドールだっているし。

自由になる時間は多いんじゃないの？」

「自由時間の使い方ですか？　光宣《みのる》様は魔法の研究をされていることが多いですね」

「ミナミは？」

「私は送っていただいた教材で勉強させていただいていることが多いです。本当は新しいお料理にもチャレンジしてみたいんですが、宇宙では中々……」

「他には？　研究やお勉強ばかりしているわけじゃないわよね？」

「リーナ。貴女《あなた》、一体何を期待してるの？」

段々目がギラついてきたリーナに、深雪《みゆき》が呆《あき》れ声で問い掛ける。

「だって、ミナミとミノルは愛し合っているのでしょう？　だったらそういうこともしてるんじゃないかと思って」

リーナは恥ずかしげも無く、好奇心を剝《む》き出《だ》しにした。まあ……女子大学生としては、この程度は普通なのかもしれない。

「そ、そういうこと……」

しかし水波《みなみ》はそうも行かない。彼女は分かりやすく赤面して俯《うつむ》いた。

「当然、もう済ませたのよね？　ミノルは優しかった？」

興味《きょうみ》津々《しんしん》の顔でリーナが水波《みなみ》に詰め寄る。

「いえ、その……」

「まさか、まだなの？　貴女たちだって、そういう気分になることはあるんでしょう？」

「まさかパラサイトには性欲が無い？」という疑念を覚えたリーナが焦《あせ》り気味に訊《たず》ねる。

「それは……あります」

水波《みなみ》の声は、今にも消え入りそうになっていた。

「リーナ、もう止《や》めなさい。水波《みなみ》ちゃんが可哀想《かわいそう》じゃない」

見かねた深雪《みゆき》が止《と》めに入った。彼女の頬も薄《うっす》らと赤らんでいた。

「何よ。ミユキだって興味あるんでしょう？」

「な、無いわよ」

「えっ、まさかミユキもまだなの？」

リーナのターゲットが水波《みなみ》から深雪《みゆき》に移った。

「信じられない。何、この純情主従。天然記念物？」

しかし深雪《みゆき》は水波《みなみ》と違って、サンドバッグに甘んじる性格ではなかった。

「そういうリーナは？　そういうことをしているの？」

「ワ、ワタシは今、ステディがいないし……」

「今、ということは、前はいたの？」

「それは、その……」

「それとも、お付き合いしたことが無い？　男の人が怖いのかしら」

「そ、そんなことないわよ！　ワタシと釣り合う男が周りにいないだけだわ！」

「そんなこと言って……、まさかと思うけど、女の人の方が好きなのではないでしょうね？」

深雪《みゆき》が態《わざ》とらしく両腕で自分の身体《からだ》を抱いて身を退《ひ》く。

「そんなわけないでしょ！」

リーナが顔を真っ赤にして喚《わめ》いた。今や弄《いじ》られているのはリーナの方だった。

◇◇◇

光宣《みのる》が達也《たつや》からチベット情勢についての考えを聞き、水波《みなみ》がリーナたちと平和な会話をしていた頃。

シャスタ山の北西山麓では、ローラが地下洞窟の入り口を見付けていた。それは、シ、シャ、ン、バ、ラ、の、も、の、で、は、な、い、遺跡の入り口へ続く地下通路だった。

光宣《みのる》は高千穂《たかちほ》を留守にするに当たって、下僕のパラサイドールに自分に代わってシャスタ山の監視を続けるよう命じていた。しかし監視の重点がシャンバラの遺跡が埋まっている東側山腹に設定されていたことと、高千穂《たかちほ》がちょうど地球の反対側に位置していたというタイミングの悪さが重なって、ローラの動きは見逃されてしまった。

【6】封印と解放

九月十六日、現地時間午前零時、日本時間同日午後四時。

光宣《みのる》はシャスタ山の東側中腹に降下した。厚手のシャツにズボン、高剛性ソールのトレッキングシューズ。背中には小型のリュックサック。日帰り登山者のスタイルだ。

だが彼の目的地は山頂ではなく、地下だ。両手ではなく片手に持っている杖《つえ》は登山杖《トレッキング・ポール》ではなく、達也《たつや》から預かったシャンバラの宝杖だった。

ポタラ宮地下の遺跡で得たデータによれば、この辺りに遺跡は埋もれている。遺跡が建設された当時とは地形が変わっているので、厳密に正確な位置は分からないが、光宣《みのる》にとっては特に問題ではない。彼は呪符を取り出して式神を生み出し、地下に放った。「九」の魔法師として現代魔法と日本の古式魔法の両方を受け継ぎ、さらに周公瑾《しゅうこうきん》の亡霊を吸収したことで東亜大陸の古式魔法も習得した光宣《みのる》にとって探索用の式神を作り出すことは、「息をするのと同じくらい」とまでは行かなくても「歩くのと同じくらい」には容易なことだった。

今生み出した式神は仮の実体を与える東亜大陸の流行《はやり》ではなく、日本の古式魔法師に好まれている実体を持たないタイプだ。土も岩も障害にならないし、光が届かない地の底の景色も鮮明に伝えてくる。

(……見付けた)

声に出さず光宣《みのる》が呟《つぶや》く。彼は五分未満で、地下の遺跡を発見した。

その直後、光宣《みのる》の身体《からだ》が地中に吸い込まれていく。

達也《たつや》のように、地面——土や石を気体に分解して坑《あな》を掘ったのではない。地面の密度を操作して自分一人分のカプセルのような空間を確保し、それを移動させているのだ。移動先で押し退《の》けられた土が通過した場所に移動するので、痕跡の坑《あな》が残らない。現代魔法の術理を使用しているが、見た目はむしろ古式魔法・忍術の［土遁《どとん》］に近い。

完全な暗闇——文字通り「無明の闇」の中を光宣《みのる》は迷わず進んでいく。百メートル以上潜ったところで彼はいったん停止し、自分を包む空間を広げて水平のトンネルを造った。闇に隠れているが、そのトンネルの終点は真っ平らな岩壁になっていた。

明かりも点《つ》けずにトンネルを進み、岩壁の前に立つ光宣《みのる》。彼は右手に持つ宝杖の先端に付いている宝珠を岩壁に押し当てた。

岩壁の一部が重い音を立ててスライドし、光宣《みのる》を招き入れるゲートを開けた。

◇◇◇

レナを始めとするFEHR《フェール》の一行はシャスタ山の西、マウント・シャスタ・シティにあるモーテルに宿泊している。

「これはっ？」

その一室で、レナは独り言というには大きく、寝言というには明瞭な声でそう言いながら、ベッドの上で身体《からだ》を起こした。

「まだ起きていらっしゃったのですか？　どうされました？」

同室のアイラが身を起こしながら、隣のベッドから問い掛ける。彼女の声には、少し眠気が残っていた。

「いえ、眠っていたのですが……。何処《どこ》かで扉が開いた音が聞こえた気がして」

「何処《どこ》か、とは？　何の扉か、分かりますか？」

「分かりません。もしかしたら、夢を見ただけかもしれませんし……」

レナの声は自信なげに、尻すぼみに小さくなった。

「夢だとしても、それが無意味なものとは限りません。ミレディ。ご負担でなければ思い出してみていただけませんか」

アイラに真剣な口調で励まされて、レナはもう一度自分が感じたものと向き合った。

「地の底、だった気がします。重い石の扉がスライドしていく音、だったのではないかと……」

「……地獄の門が開いたのではありませんよね？」

アイラはレナを馬鹿にしているのではない。レナならば地獄の門が開く音も、実際に聞き取れるのではないかと思ったのだった。——アイラはインド人だが、キリスト教徒だった。

「もう、何を言っているのですか……」

レナは揶揄《からか》われたと思ったようだ。だがアイラは、冗談を言っている顔ではなかった。

「……不吉な印象はありませんでしたよ。むしろ善性を感じました」

「そうですか……」

レナの言葉に、アイラは安堵《あんど》の表情を浮かべた。

「しかしミレディが邪悪を感じられなかったということは、FAIR《フェア》ではなさそうですね」

「多分、無関係だと思います。夢でなければ、ですけど」

レナはセリフの後半を、少し恥ずかしそうに付け加えた。

「詳しい場所は分からないのですか？」

「ダメですね。やはり、夢だったのかもしれません。改めて感覚を凝らしてみても、同じ気配は全く感じられませんから」

期待の目を向けてくるアイラに対して、レナは申し訳なさそうに頭《かぶり》を振った。

レナにそんな顔をさせるのは、アイラとしても不本意だった。

「……もう寝ましょう。明日、すっきりした頭でもう一度調べてみれば良いと思います」

「そうですね。おやすみなさい、アイラ」

結局ベッドから降りなかったレナは、就寝の挨拶をしてそのまま横になった。

アイラも、レナにならった。

◇　◇　◇

シャンバラが残した宝物庫である地下深くの石室の中で、光宣《みのる》は「好《よ》し」とホッとした声で呟《つぶや》いた。遺跡に侵入してから三時間を要したが、戦略級の破壊的な魔法を伝授する為《ため》の石板は、無事に遺跡から取り外すことができた。光宣《みのる》が懸念《けねん》していたよりも容易で、遺跡にも大きな傷を付けずに済んだようだ。壁の一部を取り外したことで、将来不具合が生じる可能性は残っているが、それは光宣《みのる》にはどうしようもない。恐らくは、達也《たつや》にも。

しかし光宣《みのる》の仕事は、これで終わりではなかった。［天罰業火《ラス・フレイム》］と仮に名付けた魔法の封印は、光宣《みのる》自身が決めたことだ。達也《たつや》も同じ決定をしたから、二人の間で争いが起こらなかった。その御蔭《おかげ》で、この魔法を巡って深刻な争いが生じることはなかった。

光宣《みのる》にはこの遺跡でもう一つ、達也《たつや》から依頼された仕事があった。達也《たつや》が自分でここを訪れるつもりだったのは、その仕事が必要だったからだ。［天罰業火《ラス・フレイム》］を封印するだけならば、最初から光宣《みのる》に任せていた。USNAへの入出国は宇宙を利用できる光宣《みのる》の方が容易だし、隠密《おんみつ》行動も光宣《みのる》の方が手札が多い。

ポタラ宮の地下で知った各遺跡のデータによれば、このシャスタ山の遺跡は最前線の砦《とりで》だった。シャンバラには、カーラチャクラ・タントラでは『ラ・ロ』と記されている敵が存在した。カーラチャクラ・タントラの研究者の間では、ラ・ロはイスラム教徒（教国）のことと解釈されることが多い。

だが氷河期の地球におけるシェルターであり理想郷だったシャンバラには、実際にラ・ロと後の世で呼ばれる敵対者がいたのだ。ラ・ロは本来の名称を忌《い》むべきものとして短縮・省略したもので、今となっては彼ら自身が本当は何と名乗っていたのか知る術は無い。ただラ・ロの人々が「解放者」を意味する名称で自分たちを呼んでいたことは分かっている。

ラ・ロの目的は推測するしか無いが、彼らは各地のシャンバラをゲリラ戦術で攻撃していた。そしてシャンバラとラ・ロの攻防が最も激しく繰り広げられていたのはこのシャスタ山だったことが、ポタラ宮地下の遺跡には記録されていた。

この遺跡に残された魔法は［天罰業火《ラス・フレイム》］のような大規模なものよりも、ゲリラの撃退に用いられるような使い勝手が良い戦闘用のものがメインだった。現代においては［天罰業火《ラス・フレイム》］よりも、むしろ利用価値が高い。

対人、対小集団の魔法は治安維持にも役立つから、一概に否定すべきものではない。実際に光宣《みのる》はそう思った。しかし達也《たつや》の受け取り方は違っていた。彼はそれも、今は封印すべきと考えた。

先日、巳焼島《みやきしま》の個人ラボで二人だけになったのは、［天罰業火《ラス・フレイム》］以外の魔法をどうするかのすり合わせの為《ため》だった。その話し合いの結果が達也《たつや》から託されたもう一つの仕事だ。

魔法そのものを使えなくする措置は執らない。遺跡のマスターキーである宝杖でそれらの魔法にはアクセスできるようにしておく。その代わり、宝杖を用いる以外の手段では魔法に触れることができないようにする。具体的には宝杖にインストールの為《ため》のパスを覚えさせた上で、遺跡その物には入れないようにする。それが残されたミッションだった。

光宣《みのる》は［天罰業火《ラス・フレイム》］の石板をリュックにしまって、代わりに水波《みなみ》が作った愛妻（？）弁当を取り出した。水波《みなみ》の愛情がこもった料理で腹ごしらえを済ませ気力を蓄えてから、光宣《みのる》は壁にはめ込まれている他の石板に、宝杖でアクセスを始めた。

◇　◇　◇

その頃日本では、達也《たつや》が会食の席に招かれていた。ホストは国防軍の明山《あきやま》参謀本部長だ。

「お忙しいところ、招待に応じていただきありがとうございます」

明山《あきやま》はその地位を考えれば、一介の民間人である達也《たつや》に対して異常な程に慇懃《いんぎん》な態度を取っていた。

「それと、先日は無理を聞いてくださりありがとうございました」

明山《あきやま》が「先日」「無理」と言っているのは、具体的な内容には触れられてなくても、風間《かざま》と柳《やなぎ》を治療した件だということは明らかだった。

「いえ、私にとっても他人ではありませんから」

その件について礼を言う為《ため》に呼び出したのではないことも達也《たつや》は察していた。彼は無難な受け答えをしながら本題に備えた。

明山《あきやま》がその話を始めたのは、食事が一段落してからだった。

「中立国に対する無法に反撃しなければ、国家として軽んじられるだけです。それは単に沽券《こけん》とかプライドとかの問題ではなく、外交上の弱みになります」

当然の理屈だ。達也《たつや》は「分かります」と頷《うなず》いた。

「我々はチベットから観戦武官団を引き上げ、台湾海峡に艦隊を派遣する予定です」

「開戦も辞さず、ですか」

「そうなる可能性は低いと考えています。時間は掛かるかもしれませんが、こちらが強硬姿勢を崩さなければ大亜連合《だいあれんごう》から譲歩を引き出せるでしょう」

「あの国のことです。計算を無視して暴発するかもしれませんよ」

達也《たつや》が示した懸念《けねん》に、明山《あきやま》は「覚悟の上です」とあっさり告げた。

「ただ、艦隊を派遣すると中立国の条件に抵触します。観戦武官団に参加し続けることはできなくなります」

「国際海峡に艦隊を派遣しただけで敵対国とは見做《みな》されないはずですが、そういう言い掛かりを付けてくる可能性は高いでしょうね」

外交には「言った者勝ち」的な側面が多分にある。伝統的な二国間外交では通用しない屁理屈でも、多国間外交の場合は付和雷同が実際に状況を左右したりする。国際海峡の武力行使を伴わない航行を敵対行為と決め付けるのは、それほど難しいことではなかった。

それに明山《あきやま》がやろうとしていることは実際に、敵対的な示威行動だ。「中立を続けている」と主張しても、説得力に欠けるかもしれない。

「しかしチベット戦争から手を引いてしまうのも、外交上好ましくないのです」

達也《たつや》は何もコメントしなかったが、これも理解できる話だった。今回の戦争には、達也《たつや》の煽《せん》動《どう》だけでなく明山《あきやま》の暗躍もあったと推測される。真田《さなだ》が達也《たつや》に依頼した、ラース・シンに宛てた伝言がその根拠だ。

「そこでご相談なのですが、以前に風間《かざま》からご依頼した件、ご再考いただけませんか」

「文民監視団の件ですね？」

やはりその件か、と達也《たつや》は思った。このタイミングで明山《あきやま》から依頼されることがあるとすれば、文民監視団参加の件だろうと、達也《たつや》はこの席に来る前から予測していた。

「四葉《よつば》家《け》のご当主が示された条件はクリアしました。後は司波《しば》さんのお心次第です」

「分かりました。お引き受けします」

「おおっ……！」

頷《うなず》く達也《たつや》に、明山《あきやま》が本気の感嘆を漏らした。

「常駐は無理ですが、週に一日程の頻度で良ければご協力します」

「はい、それで結構です」

「現地には自分のジェット機で向かいます。カトマンズの空港は使えますか?」

「トリブバン空港を使えるように手配しておきます」

達也《たつや》が出した条件に、明山《あきやま》は二つ返事で頷《うなず》いていく。彼のリクエストを正しく予測していたのか、それとも余程達也《たつや》を引き込みたかったのか。

達也《たつや》の方でもチベットの戦争に関与する口実が欲しかったところなので、掌《てのひら》の上で踊らされているのだとしても気にならなかった。

◇◇◇

光宣《みのる》が地下から地上に戻ってきた時、時刻は現地時間午後七時半になっていた。二十時間近く地中に潜っていたことになる。

遺跡で行うミッションは全て完了している。仮称［天罰業火《ラス・フレイム》］が記録された石板は光宣《みのる》が背負うリュックサックの中にあり、遺跡に残されていた他の魔法は宝杖にアクセス権が登録されている。

だがまだ、ミッションの全てが完了したわけではなかった。

「……せっかく持ってきたのだし、これを使うか」

光宣《みのる》の独り言は、それ以上手段について迷わない為《ため》に、自分に言い聞かせるものだった。

彼が手に持って見詰めているのは魔法式保存の人造レリック、マジストアだ。保存されているものは発散系魔法［石棺《せっかん》］。この名称は事故を起こした原子炉を閉じ込めたコンクリート建造物に由来する。

四系統八種の現代魔法の内、発散系魔法は相転移を制御する魔法だ。［石棺《せっかん》］は固体の位置、温度を固定したまま液体に変化させ、各種分子が均一に混じり合った状態で固体に戻す魔法。［石棺《せっかん》］の干渉を受けた土砂は、冷たい溶岩から一つの岩へと姿を変える。

単にこの魔法を発動するだけなら、光宣《みのる》は自分の力以外を必要としない。今、マジストアの助けを使ったのは、ターゲットの設定が複雑だからだ。

遺跡の石室を囲む土砂を対象にして、石室その物は魔法の対象から外す。これは魔法のターゲット指定としては、かなりの高等テクニックになる。魔法は一つの事象に干渉するものであり、本来は部分、部品に働き掛けるものではないからだ。

石室の大きさは、ポタラ宮の地下遺跡で得たデータで分かっていた。それを基に［石棺《せっかん》］の効果範囲を定義した魔法式をマジストアに保存していたのだった。

光宣《みのる》はマジストアに保存されていた［石棺《せっかん》］を、地下百数十メートルの石室を中心とした長径十六メートル、短径八メートルの楕円《だえん》球体空間に発動した。

マジストアの中の魔法式に定義されていた事象干渉対象は綺麗《きれい》な楕円《だえん》球体ではなく、自然に歪《いびつ》で表面に凹凸《おうとつ》がある空間だった。

この定義に従い形成された岩に、地下深くに埋もれている遺跡は閉じ込められた。

遺跡を封印し終えてすぐ、光宣《みのる》は宇宙に帰還した。

密入国であり魔物とも見做《みな》される人外の身だ。用事が済めば長居をしないのは、光宣《みのる》にすれば当然だった。

だが彼があと二時間ここに留まっていれば、事態は別の展開を迎えていたに違いなかった。

◇◇◇

シャスタ山の北西山麓でローラが見付けた遺跡は、ラ・ロが残したものだ。

ローラがディーンを連れてラ・ロの遺跡に侵入を果たしたのは、光宣《みのる》が宇宙に帰還した二時間後のことだった。

「扉を壊して良かったのか？」

「必要な物は、遺跡自体ではなくその中に保管された遺物ですので」

ラ・ロの遺跡を発見したローラだが、達也《たつや》と違って鍵は入手していない。彼女は使い魔として支配した［バベル］のデーモンを手掛かりにこの場を見付けただけで、正規の手掛かりから遺跡にたどり着いたわけではなかった。

彼女たちが遺跡に侵入する為《ため》に使ったのは、削岩機とコンクリートカッターだ。何処《どこ》ならば穴を空けても大丈夫なのか、その判断には魔法を用いたが、入り口を空ける手段は機械文明の利器だった。

ラ・ロの遺跡はシャンバラの遺跡と同じく石室だったが、サイズは光宣《みのる》が封印した石室より一回り以上小さかった。また、石板が壁にはまっている以外は空洞だったシャンバラの遺跡と違って、ラ・ロの遺跡は雑然としていた。慌てて鍵を掛け、放棄された印象だ。

遺跡に入ったのはローラとディーンの二人だけではなく、朱元允《ジュユエンユン》の許《もと》から派遣された工兵が一緒だった。文明の利器で入り口を作ったのも彼らだ。朱元允《ジュユエンユン》の部下たちは散乱する遺物の中から黒い石板を選別して、自分たちのバックパックに詰め込んでいる。ディーンもローラも、それを咎《とが》めなかった。

一時間も掛からず、遺跡の中は片付いた。導師《グル》の石板と同じ外見の黒い石板は全て、朱元《ジュユエン》允《ユン》の部下のバックパックに収められていた。

「私たちはもう少し遺跡を調査します。明晩、そうですね……八時頃、迎えに来て下さい」

ローラが工兵部隊のリーダーに話し掛ける。リーダーの男は、ディーンの表情を窺《うかが》った。

「そうしてくれ」

ディーンがローラのセリフを追認する。

工兵部隊はバックパックを背負って、地上に続く地下洞窟へ戻っていった。


二人きりになった遺跡で、ローラは床に残っている遺物やその残骸を壁際《かべぎわ》に片付け始めた。

「手伝おう」

そこに何か意味を見出《みいだ》したのか、ディーンが自主的に片付けを手伝う。それほど広くない石室だったのが幸いして、その作業は二十分程で終わった。

「さて……。ローラ、説明してくれるのだろうな」

「もちろんです、閣下《マイ・ロード》」

ローラがディーンの前に跪《ひざまず》き、額を石の床に押し当てた。

「お手間を取らせ、誠に申し訳ございません。ですが、祭壇は儀式を受ける当人の手で清める必要がございました。私が説明しなくてもそれを覚《さと》られるとは、さすがです、閣下《マイ・ロード》」

「祭壇、ということは、こちらが本当の遺産なのだな?」

ディーンはローラの過大評価に乗じず、かといって思い込みを正すこともしなかった。彼はただ、自分の興味のままに知りたいことを訊《たず》ねた。

「御意にございます、閣下《マイ・ロード》。この石室の床こそが、閣下《マイ・ロード》がお求めの魔導書です」

「だが、遺跡自体には意味が無いと言っていなかったか？」

「あの場には他の者が居《お》りましたので」

ディーンにとって朱元允《ジユエンユン》は同胞であり恩人だ。その部下も仲間と言える。

だがローラにとっては朱元允《ジユエンユン》もその部下も、単なる他人でしかない。

「フム……」

ディーンは笑顔でこそないが、満更でも無さそうだ。彼も本音では、恩人や同胞よりも自分が力を付けることの方が重要だった。

「それにしても、随分大きいな……」

ディーンが考えているのは、［バベル］の石板との違いだ。

「それだけ位階の高い魔法が秘められているかと」

「フム……どのような魔法か、分かるか？」

「はい……」

そう言ってローラはもう一度、額を床に付ける。どうやら先程のも土下座ではなく、遺跡の魔法を調べていたようだ。

「……お喜び下さい、閣下《マイ・ロード》」

ローラが笑顔で頭を上げた。花のような笑顔ではあったが、毒々しいまでの色気の所為《せい》で植物的ではなかった。敢《あ》えて言うなら、色鮮やかな食虫植物であるサラセニアのイメージだろうか。

「ここに保管されている魔法は、閣下《マイ・ロード》の魔法を損ないません。[ディオニュソス]を失うことなく、閣下《マイ・ロード》に更なる強大な力をもたらすものです」

「そんなことが可能なのか？　具体的にはどのような魔法なのだ？」

「はい。ここに記されている魔法の名は[ギャラルホルン]。[ディオニュソス]と同系統の魔法で、多数の人間を戦《いくさ》の狂気に誘うものです」

「……[狂戦士《ベルセルク》]や[狼憑き《ウルフヘジン》]とは別の魔法なのか？」

ディーンが名前を挙げた魔法はどちらも人間から理性を奪い殺し合いへと駆り立てるもので、ローラが得意とする魔女の魔法だ。

「規模が違います。[狂戦士《ベルセルク》]や[狼憑き《ウルフヘジン》]は所詮、少数の人間にしか掛けられません。[バベル]は使い方次第で都市を落とせますが、効果が出るのに時間が掛かります。しかし、この[ギャラルホルン]は現代魔法師どもが言う戦略級魔法に匹敵する規模で、遥《はる》かに悲惨な地獄を作り出せます」

ローラは熱に浮かされているように遺跡の魔法の素晴らしさを訴えた。いや、破滅的な魔法がもたらす終末の幻想に酔っているのかもしれない。

「ほう！　具体的にはどのような魔法なのだ？」

そしてディーンの日も、似たような色に濁っていた。

ディーンは遺跡の床に横たわっていた。枕も無い。後頭部を直接床に付けている。その横ではローラが人間の言葉ではない歌を、低く獣のような声で歌いながら座ったまま奇怪な舞を演じていた。

海の底で揺れる海藻のような動き。

あるいは、怪奇幻想小説に出てくる、旅人を捕らえて喰《く》らう妖樹のような舞。

ディーンは身動き一つせず横たわっている。だが完全に眠ってもいない。彼の心は覚醒と睡眠の狭間《はざま》を漂っていた。

完全な入眠を妨げているのはローラの歌と舞。それによって紡《つむ》ぎ出されている魔女の魔法だ。

彼女はもう十時間近く歌い、舞っていた。起きてはいるが、意識は無い。舞い始めた時から、彼女の精神はトランス状態にあった。

直接触れている遺跡の床から、ディーンに知識が流れ込んでいた。考える知識ではなく、刷り込まれる知識。何故《なぜ》そうなるのか、何がそうさせるのか。そういった論理的な思考とは無関係に、彼は使い方と効果を覚えて、いや、覚えさせられていく。

その異教の秘蹟《ミュステリオン》は半日もの間、続いた。

◇◇◇

FEHR《フェール》の一行はシャスタ山の西にある町のレストランでランチの最中だった。一世紀以上前から日本にも進出している大衆食堂《アメリカンダイナー》のチェーン店だ。

高級ではないが安くてボリュームのある料理を、レナはゆっくりしたペースで口に運ぶ。同性のアイラだけでなく遼介《りょうすけ》とルイ・ルーもレナにペースを合わせ、和気藹々《わきあいあい》と会話をしながら食事を進めていた。

だがそののんびりしたムードの中心だったレナが、ナイフとフォークを手に持ったまま不意に立ち上がった。

隣に座っていたアイラが倒れそうになった椅子を慌てて支える。

「ミレディ？」

何があったのかと訝《いぶか》しげに呼び掛けるアイラの声は、レナの意識に届いていなかった。

彼女は血の気が引いて真っ青になった顔で、唇を細かく震わせていた。

「ミレディ、一体何です？」

向かい側からやや強めの声で遼介《りょうすけ》が問い掛ける。

それでもレナは反応しない。

「ミレディ！」

アイラが立ち上がり、レナの肩を揺すった。

レナがようやく反応しアイラに顔を向ける。だが彼女の瞳はアイラに焦点を結んでいない。

「…………」

レナが何か呟《つぶや》いている。

アイラは彼女の唇に耳を寄せた。

「ダメです……それはダメ……」

「ミレディ？　何がダメなんです？」

「……それに手を出してはいけない……×××が来る……」

「何が来るんです？」

ただならぬ不吉なものを感じて、アイラが声を荒らげる。

「来る……来てしまう……」

「レナ!?」

アイラがレナの名前を呼び、激しく肩を揺さぶった。

「アイラ……」

ようやくレナの目がアイラを見た。

「止めなけれ、ば……でも……止められ、なかった……」

レナが目を閉じ、脱力する。

床に頽《くずお》れそうになるレナを、アイラは慌てて支えた。

◇　◇　◇

「シャウラ中尉！」

「スピカ少尉、貴女《あなた》も感じましたか？」

レナが立ち上がったのと同時刻、ローラ・シモンの捜索に来ていたスターズのシャウラとスピカも、邪悪な想子《サイオン》波動を感じ取っていた。

「ここから東北東ですね？」

「私もそう思います」

シャウラの問い掛けにスピカが頷《うなず》く。二人が率いるスターズの捜索隊は、シャスタ山の西北西にある『キャリック』という町を拠点にしていた。

「余震みたいなものでしょうけど、まだ続いていますね……」

シャウラが呟《つぶや》くような口調で言い、スピカは「そうですね」と頷《うなず》いた。

「ドローンを飛ばしましょう。今ならまだ、位置の特定が間に合うかもしれません」

そしてスピカは、こう提案した。

「そうしましょう」

今度はシャウラが頷《うなず》き、スタッフに偵察用ドローンを飛ばすよう命じた。

◇　◇　◇

九月十七日昼過ぎ、ディーンが受けた秘蹟《ミユステリオン》は半日にもわたる時間の後、成功した。破壊と殺戮《さつりく》に人々を惑わす忌《い》むべき魔法［ギャラルホルン］はディーンに宿る形で遂《つい》に解放された。

しかしその後、ディーンは半睡眠から深く完全な睡眠へ、ローラも気絶から睡眠へ墜落した。

二人が目を覚ましたのは朱元允《ジユユエンユン》の部下と合流を約した時間が迫る、夜だった。

「閣下《マイ・ロード》、ご気分は如何《いかが》ですか？」

「酷《ひど》い、気分だ……」

気遣わしげに問い掛けるローラに、顰《しか》め面《つら》でディーンが答える。声を出すだけで辛《つら》そうだ。

彼は最悪の乗り物酔いか、質《たち》の悪い合成酒による内臓がひっくり返りそうな二日酔いに匹敵する不調に苦しんでいた。

「動けますか？」

「少し待て」

ディーンは膝に手を突いてゆっくりと立ち上がった。彼の両足が細かく震えているのを見て、ローラは慌てて手を差し出し支えようとする。

「――必要無い」

ディーンは掌《てのひら》を向けて、ローラの助けを制止した。

「行くぞ」

そしてディーンは、削岩機とコンクリートカッターで空けた遺跡の出口へと歩き出した。

「閣下《マイ・ロード》、ここでお待ちになった方が……」

「隠さなくても良い。追っ手が迫っているのだろう？」

「――っ」

ディーンの指摘に、ローラは反論できなかった。

それは事実だった。また、今のコンディションのディーンが追っ手の気配に気付いているのは意外すぎた。

「気分も体調も最悪だ。だが……」

ディーンがニヤリと得意げに、尊大に口角を上げる。

「どういうわけか、感覚はかつて無いほど研ぎ澄まされている」

「閣下《マイ・ロード》、私が先導します」

ローラはディーンを止める代わりに、彼に寄り添うのではなく、彼の前に立った。

「許す。進め」

「はい、閣下《イエス、マイ・ロード》」

ローラとディーンは、地下洞窟を外に向かってゆっくり歩き始めた。

◇　◇　◇

シャウラ中尉、スピカ少尉に率いられたスターズの捜索隊は、飛行戦闘服スラストスーツを身に着けて、シャスタ山の北西山麓に散開していた。

捜索隊は午後にキャッチした魔法の波動の位置を特定できなかった。ドローンのセンサーは、十分足らずで想子波《サイオン》をロストした。センサーの故障ではない。想子波《サイオン》を漏らしていた魔法師が眠ったか、失神したか、死亡したのだと思われた。

ターゲットが死んだのだとしても、死体を確認する必要がある。広い山麓から物言わぬ死体を捜すのは、かなりの困難が予想される。それに対してターゲットが生きていれば昼に捕捉した想子波《サイオン》で、おそらく追跡可能だ。そういう理由で、捜索隊のメンバーはターゲットの生存を、割と真剣に願っていた。

夜、八時前。捜索隊の望みは、叶《かな》えられた。

『シャウラ中尉。日中のものと同一の想子《サイオン》パターンをキャッチしました』

スピカからシャウラの許《もと》へ入った報告。

「こちらでも受信しています」
シャウラも同時に、その想子波《サイオン》を捉えていた。
同一の報告があと二チームから寄せられる。四つの受信データを組み合わせて、ターゲット
――ローラの居場所が特定された。

◇◇◇

ローラは洞窟を出るまで、あと十数メートルという所で足を止めた。

「ローラ、ど……」

どうした、と訊《たず》ねる途中でディーンは質問を止めた。

「……見付かったか」

ローラが足を止めた理由が、一呼吸の遅れでディーンにも分かったからだ。

「閣下《マイ・ロード》。如何《いかが》いたしましょうか？」

ローラが前を見たままディーンに訊《たず》ねる。

「何者かは分からぬが、あの遺跡を知られたくはない。幸いまだ、包囲されるには至っていないようだ。ここを離れるぞ」

「洞窟の入り口を偽装しなくてもよろしいですか？」

「魔法の痕跡を残すのはかえってまずい」

「かしこまりました」

ローラは丸薬のような物を取り出し、噛《か》み砕《くだ》いて飲み込んだ。

「閣下《マイ・ロード》、お乗りください」

そしてディーンに背中を向けてしゃがみ込む。

ディーンは迷わずローラに背負われた。

「申し訳ございませんが、五分程しか持たないと思われます」

先程の丸薬はローラ自身が調合した、肉体強化の魔女術《ウイッチクラフト》を補助する魔女の薬だった。

「構わん。できるだけ、ここから離れろ」

背中の上から、ディーンは当然のように命令する。

「はい、閣下《イエス、マイ・ロード》」

ローラもそのことに疑問を懐《いだ》いていなかった。

洞窟から五百メートル前後離れた所で、ディーンはローラの背中から降りた。

「閣下《マイ・ロード》、その岩の陰に隠れてください」

岩が重なり合って三方から見えなくなっている天然の隠れ家を、ローラが見付けて指差す。

ディーンは素直に身を隠した。彼は膨大な情報量を持つ遺跡の魔法をインストールした影響で、まだ満足に魔法を使えない状態だった。

ローラはディーンから距離を取ると、右手でナイフを取り出し自分の左手に走らせた。傷は浅い。血は滴《したた》り落《お》ちることなく、ナイフの刃に付着した程度だ。

彼女は四大天使に照応する堕天使《グリゴリ》の名を唱えながら、ナイフで逆五芒星を描いた。

グリゴリの原義は「見張る者」。ローラが使った魔法は敵意を持つ者の接近を感知するものだった。

また彼女が名を唱えた堕天使《グリゴリ》には邪視の能力を持つ者が含まれている。彼女が現在行使している魔女術《ウィッチクラフト》には敵を感知するだけでなく、相手のステータスを引き下げる効果もあった。

とはいえ、他の魔法と同じく魔女の魔法も万能ではない。ステータス低下の効果が発揮されるかどうかは、結局のところ相手との力関係次第。ローラも［堕天使《グリゴリ》召喚］の魔法を発動させたからといって、それで安心してはいなかった。

彼女は［バベル］のデーモンを封じ込めたブラッドストーンにチラリと意識を向けた。だがすぐに意識を逸《そ》らす。あの魔法は人が大勢いる都市部で使ってこそ効果がある。少人数の戦闘で使っても余り役に立たないことは、日本で経験済みだった。

迎撃の準備を整え、敵の到来を待つ。

ローラは一時間以上そうしていたような気になっていたが、実際に接敵したのはおよそ五分後のことだった。

◇　◇　◇

スターズの捜索隊は乱戦の中にいた。

「……FAIR《フェア》にこれ程の数の戦闘員が残っていたなんて、聞いていませんよ」

スピカがスラストスーツの中で愚痴を零《こぼ》す。スターズはローラがディーンと二人で逃亡していると考えていた。だが現在何故《なぜ》か、三十人前後の敵と交戦している。

広域にわたる捜索だ。スターズの側でも同じくらいの人数を揃《そろ》えている。だがその大半はセンサーやドローンのオペレーターであり、戦闘員はシャウラ、スピカを含めて、六人しかいなかった。

当局内部の縄張り争いが影響して、多数の戦闘員を投入することができなかったのだ。

『FAIR《フェア》のメンバーではないようですね。データベースに該当する写真がありました』

スピカのヘルメットに内蔵されている通信機が拾った愚痴に、シャウラが応えを返した。

『彼らは三合会《トライアド》の戦闘員のようです』

「三合会《トライアド》？　チャイニーズマフィアですか？」

『犯罪者と言うより兵士の方ですね』

三合会《トライアド》は元々「反清復明」、つまり東亜大陸の支配権を満州族から漢族が奪い返すゲリラとして結成された。ただ軍事にはとにかく、金が必要だ。軍資金を稼ぐ為《ため》の犯罪に傾斜していったのは洋の東西を問わずゲリラ組織の宿命のようなものだが、三合会《トライアド》は戦闘組織としての本質を保ち続けてきた。「反清復明」が達成された後は、洪門《ホンメン》の私兵として働いている。

「魔法師も交ざっているようですが、大亜連合《だいあれんごう》との繋《つな》がりは……？」

『それは無いと思います。三合会《トライアド》が大亜連合《だいあれんごう》の別働隊という情報は入っていません。その点は少尉の方が詳しいのでは？』

「確かにそんな話を聞いたことはありませんが……」

スピカ少尉は諜報《ちょうほう》方面の才能を買われて取り立てられた魔法師だ。スターズではなくDIAに配属されるという話もあった。軍で受けた教育もそちらの方面に偏っているし、人脈のパイプも諜報《ちょうほう》畑が多い。アメリカ洪門《ホンメン》と大亜連合《だいあれんごう》に密接な繋《つな》がりがあるなら、その情報はシャウラの耳よりも先に、スピカの耳に入るはずだった。

『戦闘魔法師としてはそれなりの練度ですが、私たちの敵ではありません。このまま抵抗を排除し、本命を捕まえましょう。精神干渉系魔法を行使している徴候を捉えました。おそらく古式魔法・魔女術《ウイッチクラフト》でしょう。ターゲットはそこにいるはずです』

シャウラがマーカー付きの地図データを送ってきた。ターゲットはそこにいる可能性が高い。

スピカはスラストスーツの飛行機能を起動して空中に浮かび上がった。彼女は三合会《トライアド》の戦闘員から加えられる攻撃を無視して、マーカーが指し示す場所へ向かった。

ローラにとっては予想外だったが、彼女を背負った男は、彼女の質問に答えた。

「これは［風火二輪《ふうかにりん》］という道術です。中壇元帥《ちゅうだんげんすい》の宝具を術で再現したものですよ」

中壇元帥《ちゅうだんげんすい》は道教の神・哪吒太子《ナタたいし》の尊称だ。その姿は『西遊記』『封神演義』などの民間説話や小説などで馴染《なじ》み深い。

風火二輪《ふうかにりん》はその哪吒《ナタ》太子の乗り物だった。車輪に直接足を乗せる形式で、風と火を放ちながら空を翔《かけ》ると伝えられている。

それを模した道術――東亜大陸流古式魔法は限定的な飛行魔法だ。飛べる高度は地上数十センチ。軌道修正は左右のみで、ローラースケートの要領で足を動かして曲がる。障害物は越えられず、止まれなければ自爆する。

ただオリジナルの伝説とは違って火も風も出さないように改良されているから隠密《おんみつ》性は高い。左右どちらか前に出ている足の爪先方向に進むと定義されているので、事象改変の重ね掛けによる干渉力増大の問題も起こらない。習熟に手間とセンスが必要だが、密《ひそ》かに潜入し、脱出するには向いている魔法だ。

ローラの［堕天使召喚《グリゴリ》］に引っ掛からなかったのもこの特性によるものだった。ローラを背負った朱元允《ジュユエンユン》の部下は、時速六十キロを超えるスピードで現場を離脱した。

◇◇◇

シャウラはスピカが心臓麻痺《まひ》を起こしているのをバイオモニターで確認して、すぐさま応急処置を行った。スピカのスラストスーツを強制開放し、バイオセンサーに連動する医療ＡＩが勧めた強心剤を投与する。呼吸が止まっていたので、人工呼吸と心臓マッサージを施す。

シャウラの懸命の処置は、スピカの自律呼吸回復という形で報われた。

スピカが危機を脱したのを確認して、シャウラは捜索隊にローラの行方を訊《たず》ねた。

だが、誰もそれを把握していなかった。

この辺りに重点配置したセンサーは、魔女術《ウィッチクラフト》の痕跡を捉えていなかった。

一安心、という仕草を見せたレイラに茜《あかね》が訊《たず》ねる。

「媚香《びこう》です」

「びこう？　ええっと、もしかして媚薬《びやく》のお香って意味？」

「はい」

茜《あかね》は「びこう」の音から「媚香《びこう》」表記を一度で言い当てた。もしかしたら茜《あかね》も、意識の外側でその匂いに気付いていたのかもしれない。

「この部屋には濃密な［媚香《びこう》］が満ちていました。将輝《まさき》さんが正気を保てていたのが不思議なくらいです。普通なら正気を失って、見境なく女性に襲い掛かっていてもおかしくなかったと思います」

「そ、そうなんですか？」

自覚が無い将輝《まさき》は、レイラの強い語調と眼差《まなざ》しにたじろぐばかりだ。

「［媚香《びこう》］は単なる香《こう》ではなく一種の魔法ですから、将輝《まさき》さんの魔法抵抗力の賜物《たまもの》でしょう。いえ……既に影響は出始めていたのかもしれません」

黄里恵《きりえ》から相談があった将輝《まさき》の「異状」の原因が、部屋に満ちていた［媚香《びこう》］だとレイラはこの段階で既に確信していた。

「将輝《まさき》さん、ご自分が普段と違う行動を取っていたご記憶はありませんか？　あるいは、自分が何をしていたのか思い出せないという経験は？」

将輝《まさき》はレイラの問いにすぐには答えられず「それは……」と考え込んだ。

「レイちゃん、[媚香《びこう》]ってどんな魔法なの？」

彼の答えを待たず、茜《あかね》が横から問いを挿《はさ》む。

「[媚香《びこう》]は大亜連合《だいあれんごう》で私たちとは競合関係にあった魔法師部隊で開発された、匂いを媒体とする古式魔法です。物質的な媒体を用いる魔法は持続時間が長い傾向がありますが、この魔法もその特徴を備えています」

「ちょっと待って。レイちゃんたちと競合関係にあった？　それって、[霹靂塔《へきれきとう》]を開発したグループのライバルだったということ？」

茜《あかね》がレイラの説明を遮って再び質問を挿《はさ》んだ。

「ライバル……そうですね。少し大人しい表現のような気もしますが、ライバルだったと言って良いでしょう」

「それは現代魔法に対する古式魔法のグループだったということですか？」

将輝《まさき》が自分の回答を捻《ひね》り出《だ》す思考を中断してレイラに訊《たず》ねる。

「そうです。大亜連合《だいあれんごう》では、日本ほど現代魔法の研究は進んでいません。全体的に古式魔法の方が優勢なのですが、陝西省《せんせいしょう》を本拠地とするそのグループは古式魔法に著しく偏っていました。彼らは古式魔法のメソッドを使って現代の軍事作戦に利用できる魔法を作り出そうと研究を重ねていました。[媚香《びこう》]はそこで開発された魔法です」

将輝《まさき》が初めて聞く話だった。多分茜《あかね》も、父の剛毅《ごうき》も、劉麗蕾の訊問《じんもん》を担当した国防軍の士官も聞いたことがない情報だ。そんな重要なことを何故《なぜ》今まで隠していたんだ、と問い詰めそうになった将輝《まさき》だが、その寸前で自分たちが訊《たず》ねなかったからだと思い直した。

「話が逸《そ》れてしまいましたね。将輝《まさき》さん」

レイラの眼差《まなざ》しが、強い眼光が、将輝《まさき》の両眼を貫いた。

「[媚香《びこう》]は一言でいえばハニートラップに使う魔法です」

「ハニートラップ用の魔法⁉」

裏返った声を上げたのは茜《あかね》だ。将輝《まさき》は言葉を失っている。

「自分自身に魔法を掛けて体香を化学的に変化させ、媚薬《びやく》成分を持たせて、それを媒体に精神的な抵抗力を奪う魔法を相手に作用させる。時には自分の肉体も魔法の媒体にして、相手を自分が願うままに動く操り人形に変える。それが[媚香《びこう》]の効果です」

将輝《まさき》の顔に「心当たりがある」という表情が過《よぎ》った。レイラはそれを見逃さなかったが、自分から指摘することはしなかった。

「私や茜《あかね》さんが影響を受けていないのは、術者と同性だからです。[媚香《びこう》]はその性質上、異性に対してしか効かない。私が男性だったらこの部屋に入った瞬間、術中に落ちていたでしょう。それ程の[媚香《びこう》]がこの部屋には蓄積されていました」

「そうなのか……。ありがとう、レイラさん。危ういところだったのだな」

将輝《まさき》が神妙な表情で頭を下げる。

「いえ。将輝《まさき》さんの魔法抵抗力は私の想定を遥《はる》かに超えるレベルだったようです。もしかしたら［媚香《びこう》］にも、ご自分で抵抗力を身に付けていたかもしれません」

「それでも助かった。ありがとう」

首を横に振るレイラに、将輝《まさき》はもう一度頭を下げた。

「……それで、兄さん？　何処《どこ》の女に引っ掛かったの？　心当たり、あるんでしょ？」

レイラが口にしなかった質問を、茜《あかね》が詰問《きつもん》調で訊《たず》ねた。

「ああ、でも、まさか、彼女が……」

歯切れが悪い将輝《まさき》に茜《あかね》が「兄さん」と苛立《いらだ》った口調で詰め寄った、その時。

「将輝《まさき》さん、豆花《トウファ》を作ってみたのですが、味見していただけませんか」

鍵が開いたままのドアを開けて、若い女性がそう言いながら部屋に入ってきた。藍川桂花《あいかわけいか》と名乗る、隣室の女性だ。

将輝《まさき》が「藍川《あいかわ》さん」と彼女の名前を呼ぶより一瞬早く。

「お前はっ⁉」

レイラが敵意をむき出しにして叫んだ。

「藍采和《ランケイヒ》！」

そして、「藍川桂花《あいかわけいか》」ではない名前を続けた。

『お前は、劉麗蕾《リウリーレイ》⁉　そんな、まさか！　何故《なぜ》お前がここに⁉』

「藍川桂花《あいかわけいか》」の口から漏れた言葉は、日本語ではなかった。その言葉は——言語よりも内容が——、彼女が「藍川桂花《あいかわけいか》」ではなく「藍采和《らんさいか》」だという自白に近いものだった。

藍采和《らんさいか》が玄関から飛び出し、ドアを勢い良く閉ざす。

レイラが突進の勢いでドアに取り付きノブを回すが、鍵が掛かっていないにも拘《かか》わらず開かない。

「——ッ、［封門］の魔法か！」

レイラの中で想子《サイオン》が活性化し、膨張する。戦略級魔法師である彼女——劉麗蕾《リウリーレイ》は、自由に使える魔法こそ限られていたが、元々保有する想子《サイオン》量は多い。そういう面でも、劉麗蕾《リウリーレイ》は達也《たつや》に似ている。

彼女は活性化した想子《サイオン》を、扉へ一気に叩《たた》き付《つ》けた。

［術式解体《グラム・デモリッション》］。高圧力の想子《サイオン》流で魔法式を吹き飛ばす対抗魔法。彼女は昨年の夏、とある切っ掛けでこの対抗魔法の練習を始めた。

レイラの［術式解体《グラム・デモリッション》］はまだ未熟だ。有効射程距離は五メートルしかなく、発動に時間も掛かる。だが扉を封じている魔法を吹き飛ばすには、十分だった。

レイラが再びドアノブを回す。外開きの扉は、今度は抵抗無く開いた。

レイラは靴を履くと言うより靴に足を突っ込んで、将輝《まさき》の部屋を飛び出した。

「レイちゃん、待って！」

慌てて茜《あかね》がレイラの後を追い掛ける。玄関で靴を履きながら——バレエシューズのレイラと違ってスニーカーの茜《あかね》は、履くのに手間が掛かる——茜《あかね》は将輝《まさき》を振り返った。

「兄さん、後でしっかり話を聞かせてもらうからね！」

「ま、待て。俺も行く」

将輝《まさき》のセリフは、閉まったドアに跳ね返された。


将輝《まさき》のアパートが建っている辺りは最寄り駅から少し歩く住宅街。駅の周りには商業施設が結構多く、人の往来も賑《にぎ》やかだ。

人混みに逃げ込まれるのだけは避けなければならない——。藍采和《らんさいか》を追いながら、レイラはそう考えていた。

何度も繰り返しているとおり、レイラは限られた魔法しか自由に使えない。これは大亜連合《だいあれんごう》で偏った育成を受けた結果だ。遺伝子操作による調整ではなく、投薬と訓練によって特定分野の才能を伸ばす。

その結果レイラは、いや、劉麗蕾《リウリーレイ》はＣＡＤを使わずに戦略級魔法［霹靂塔《へきれきとう》］を発動するまでに成長した。しかしその代償として［霹靂塔《へきれきとう》］と、自分が自身の戦略級魔法でダメージを負わない為《ため》の［電磁場遮断］以外の魔法を思うように使えなくなっていた。

しかしレイラが不自由をしているのはあくまでも魔法だ。［術式解体《グラム・デモリッション》］を順調に修得していることからも分かるように、単純な想子《サイオン》操作は彼女にとって難しいものではない。同系統の技術である「気」の操作も同じ。いや、むしろレイラは「気」の操作による身体能力強化を得意としている。

「気」による身体強化は結局のところ意識的な肉体の潜在能力解放であり、魔法やサイ能力による［身体強化《フィジカルブースト》］程の強化倍率は出せない。だが百メートル走のスピードを千メートル維持する程度のことは可能だ。レイラは、藍采和《らんさいか》が人通りが増える駅周辺に着く前に、彼女に追い付いた。

『止まれ、藍采和《ランケイヒ》！』

レイラは劉麗蕾《リウリーレイ》として、大亜連合《だいあれんごう》の公用語である漢語で話し掛けた。

『止まらなければ撃つ！』

足を止めない藍采和《らんさいか》に、劉麗蕾《リウリーレイ》は再び立ち止まるよう命じる。

藍采和《らんさいか》は逆に足を速めた。

彼女は劉麗蕾《リウリーレイ》に応えを返さなかった。

だが『こんな所で［霹靂塔《へきれきとう》］は使えまい』という嘲るような独り言が、風に乗って劉麗蕾《リウリーレイ》の耳に届いた。

「良い度胸だ！」

劉麗蕾《リウリーレイ》はレイラに戻り、今や漢語よりも慣れ親しんでいる日本語で感情をぶちまけた。

レイラは怒っていた。茜《あかね》や将輝《まさき》には、［媚香《びこう》］はハニートラップ用の魔法で、場合によっては身体《からだ》も魔法の媒体にすると説明した。この説明は、嘘《うそ》ではないが厳密に正しくもない。

［媚香《びこう》］は時間を掛けて相手の精神を侵していく魔法だ。現代魔法のような即効性は無く、継続的に魔法を作用させて徐々に自由意志を奪っていく。そしてその仕上げとなる最終段階では、セックスによる深い肉体的接触を通じて相手の意志を完全に掌握する。

つまり［媚香《びこう》］は場合によってではなく、最後にはターゲットを抱く（抱かれる）プロセスが設定されている性儀式魔法なのだった。

レイラは将輝《まさき》に恋をしている。告白もした。――返事はもらえていないが。

藍采和《らんさいか》の行いは自分が求愛している相手を寝取ろうとするものであり、レイラにとっては騙《だま》し討ちの挑発行為に他ならなかった。

――絶対に、許さない。

レイラの怒りは極めて率直で熱いものだった。第三者が彼女の心境を知ったなら、「火の玉ストレート」という言葉がこの上なく似合いそうだ、という感想を懐《いだ》いたであろう程に。

レイラは自身の精神に刷り込まれた魔法の発動プロセスに入った。彼女は本来、国家公認戦略級魔法師『劉麗蕾《リウリーレイ》』として祭り上げられる予定ではなく、日本に対する潜入破壊工作員として使われる予定だった。『レイラ』という名前は、元々その潜入工作用のものだった。

工作員として活動するからには、あらゆる面で目立つべきではない。髪の色、瞳の色、顔立ち、体格。全てが日本人の中に溶け込むように磨かれた。

可愛《かわい》らしい容姿には、好意を獲得しやすいというメリットがある。それは目立つというデメリットを上回るものだ。それに「美人は三日で飽きる」という俗説（迷信）ではないが、整った容姿というのは意外に覚えにくい。正確に覚えているつもりでも、美男美女の雛形に記憶が引きずられがちだ。多少欠点（？）がある特徴的な容姿の方が、人の記憶には残りやすい。

ＣＡＤを使わずに魔法を発動できるという点も、潜入工作員のスキルとして重視された。彼女が訓練を受けていた頃はまだ、完全思考操作型ＣＡＤは実用化していなかった。魔法師は一般に、手でＣＡＤを操作するという目立つ動作をしなければならなかった。

いや、それ以前にＣＡＤという魔法師以外には無用の道具を持ち歩く時点で、自分は魔法師であると公言しているようなものだった。

ＣＡＤを使わずに、強力な魔法を使いこなす。

この困難な条件を、レイラは達成した。同時期に訓練を受けていた同僚の中では、唯一の成功例だった。もし「灼熱《しゃくねつ》のハロウィン」で前任の「使徒」、劉雲徳《リウユンドー》が戦死していなかったら、レイラは「劉麗蕾《リウリーレイ》」として「使徒」になるのではなく一条《いちじょう》レイラではない「レイラ」として日本に送り込まれていたに違いない。

彼女は二つの魔法に限定すればＣＡＤを用いずに、ＣＡＤの補助がある場合と同等のスピード、同等の確実性で魔法を成功させられる。

この時も［霹靂塔《へきれきとう》］の構築はスムーズに、速やかに進んだ。

（照準《ロックオン》）

魔法の対象を藍采和《らんさいか》に絞り込む。

一般に［霹靂塔《へきれきとう》］は大規模攻撃魔法と考えられている。実際にこの魔法を編み出した劉雲徳《リウユンドー》はそういう形でしか［霹靂塔《へきれきとう》］を運用できなかった。

だがレイラに当初予定されていた任務は潜入破壊工作だ。開戦覚悟の大規模攻撃だけでなく、ゲリラ的な限定攻撃が要求される作戦も想定された。であるなら本来は別の魔法を使うべきなのだが、前《さき》の「ＣＡＤを用いずに魔法を使いこなす」という条件に合わないので、それは無理だった。いくらレイラのポテンシャルが高くても、そこまで都合良くはなれなかった。

その代わりレイラは、［霹靂塔《へきれきとう》］の規模をコントロールする技術を身に付けるように命じられた。その訓練は彼女が「使徒」に祭り上げられた時点で中断したが、日本に亡命して一条《いちじょう》家《け》の一員となってから、自分の利用価値を高める為《ため》、自主的に訓練を再開し任意の規模に照準を設定する技術を遂《つい》に修得していた。

藍采和《らんさいか》の周りに電気抵抗低下のフィールドが形成される。

それに気付いた藍采和《らんさいか》の顔が驚愕《きょうがく》に固まった。彼女は、八仙《はっせん》の対抗魔法［渾然一体《フンランイーティ》］で何とかその檻《おり》を破ろうとした。

だが、それは無駄な抵抗だ。［渾然一体《フンランイーティ》］は自分に対して放たれた術式を無効化する対抗魔法。だが［霹靂塔《へきれきとう》］は限定空間に対して干渉する魔法であって、今も藍采和《らんさいか》を直接狙ってはいない。

円筒形に切り取られた空間の内部で電位差が発生し、上部で電子雪崩の徴候が生じる。［霹《へき》靂塔《れきとう》］はドーム状の空間を対象としているイメージが多く持たれているが、実際には「塔」の名称が示すとおり、円筒形に切り取られた空間内で引き起こされる魔法だ。

後は、一瞬だった。

立て続けに発生した放電が藍采和《らんさいか》を襲う。威力を抑えて発動しているから、運が良ければ死ぬことはない。だが繰り返し襲い来る電撃の苦痛は藍采和《らんさいか》の許容範囲を超えるものだった。

元々彼女は八仙《はっせん》の中でも、ローラを日本から脱出させた何仙姑《かせんこ》と並んで、荒っぽい作戦には携わらない魔法師だった。彼女は［媚香《びこう》］で男を籠絡《ろうらく》し、ある時は情報を抜き取り、ある時は同士討ちをさせるという、自分の手を血に染めないタイプの工作員だ。

男の獣欲に蹂躙《じゅうりん》されるのには慣れていても、ただ痛みをもたらすだけの純粋な暴力に曝《さら》されるのには慣れていない。

［霹靂塔《へきれきとう》］が終了し藍采和《らんさいか》が電撃から解放される。彼女が放電の嵐に曝《さら》されていた時間は、せいぜい二、三秒でしかなかった。だが解放された藍采和《らんさいか》は、ピクリとも動こうとはしなかった。

レイラの［霹靂塔《へきれきとう》］は、藍采和《らんさいか》の心を圧《へ》し折《お》っていた。

◇　◇　◇

「これはひどい……」

「ちょ、ちょっと。これはまずいよ、レイちゃん」

茜《あかね》と将輝《まさき》が駆け付けた時、全ては終わってしまっていた。

将輝《まさき》は慌てて藍采和《らんさいか》の側に駆け寄り、治療の魔法を発動する。

「茜《あかね》。俺の端末に登録してある朝霞《あさか》基地司令部副官殿に連絡してくれ。敵国の魔法師工作員を捕らえたが、抵抗を排除する為《ため》やむを得ず攻撃し重傷を負わせてしまったと」

将輝《まさき》はそう言いながら、藍采和《らんさいか》から目を離さずに携帯端末を後ろ手に差し出す。

今更言うまでもないが、魔法の無許可使用は犯罪だ。特に使ったのが戦略級魔法となれば、規模を対人レベルに落としているとはいえ厳罰は免《まぬが》れない。それに加えて、藍采和《らんさいか》がこのまま死ねば殺人罪。一度《ひとたび》一般司法当局が扱う事件になれば、一条家《いちじょうけ》でもかばいきれない。

レイラをお咎《とが》めなしとするには、日本二人目の「使徒」である将輝《まさき》の顔が利く国防軍が担当する事件にしてしまうのが一番確実だった。

「う、うん。分かった」

茜《あかね》がそれをすぐに理解できたかどうかは分からないが、彼女は兄の指示に従った。

「将輝《まさき》さん……」

将輝《まさき》と茜《あかね》の慌て振りを見て、レイラは頭が冷えたのだろう。自分がやり過ぎたという自覚で、彼女は顔色《がんしょく》を失っていた。

「レイラさん。今は憲兵隊が来るのを待ちましょう」

将輝《まさき》にはこの時点でまだ「藍川桂花《あいかわけいか》」が本当は何者だったのか分かっていない。だが敵国のスパイだったとすれば、国防軍に逮捕権がある。

おそらく、警察は既に魔法が行使された事実を掴《つか》んでいるはずだ。規模が抑えられていたとはいえ［霹靂塔《へきれきとう》］の影響で、デリケートな電子機器には被害も出ているだろう。

将輝《まさき》は何度も会っている基地司令部副官の顔を思い浮かべ、早く来てくれるように心の中で呼び掛けた。


将輝《まさき》の祈りが通じた、というわけでもないだろうが。

国防軍の到着は、警察よりも早かった。国防軍の基地司令が警察署長よりも立場が強い、という関係にはない為《ため》、圧力を掛けて出動を遅らせたという事実は無いはずだ。

藍采和《らんさいか》の治療は衛生隊が引き継いだ。［媚香《びこう》］の特性についてはしっかり説明をした。衛生隊の方でも、女性士卒のみのチームで治療に当たるとのことだ。二重の意味で――性的な捕虜虐待の懸念《けねん》が無いという意味でも――安心できる話だった。

そして同行した朝霞《あさか》基地で、将輝《まさき》たちは初めて八仙《はっせん》のことを聞いた。

「彼女は大亜連合《だいあれんごう》西部方面軍に所属する魔法師工作部隊『八仙《はっせん》』に所属する魔法師です。藍采《ランケイ》和《ヒ》はそのコードネーム。八仙《はっせん》は伝説の仙人の名前をコードネームに使っています」

副官だけでなく基地司令官も同席した事情聴取の席で、レイラは落ち着いた口調で質問に答えた。

「私は元々、戦略級魔法師としてではなく破壊工作員として訓練されていました。私が八仙《はっせん》のことを知っているのは、潜入任務に際して注意すべき相手として教えられていたからです」

「それは、協力すべき同僚としてという意味ですか」

副官の質問にレイラは「いいえ」と頭《かぶり》を振った。

「衝突を避けるようにと。現地の工作員の間には横の連絡がありませんから」

レイラの説明に、将輝《まさき》は「なる程」と納得の呟《つぶや》きを漏らしそうになった。

だがそれは、気が早かった。

「それに私が所属していた部隊と八仙《はっせん》は競争相手というより敵対関係にありました。注意すべきというのは、任務中に同士討ちで殺されないように、という意味合いです」

将輝《まさき》は顔を顰《しか》めて、納得のセリフの代わりに「殺伐とした話だ……」と呟《つぶや》いた。

普段レイラと平和な女子高校生生活を送っている茜《あかね》は、和気藹々《わきあいあい》とした日常と激しく乖離《かいり》している話を聞かされて、居心地が悪そうにしている。

「司令官殿。私が藍采和《ランケイヒ》の正体や手口を知っていたのは、こういう事情によるものです」

藍川桂花《あいかわけいか》と名乗った彼女は何者でレイラとどういう関係なのかという司令官の質問に、レイラは回答を終えた。

「分かった。もう一つ訊《き》かせてもらいたい」

司令官のこのセリフに、レイラは「私が知っていることでしたら何なりと」と頷《うなず》いた。

「君が倒した工作員、藍采和《ランケイヒ》の目的は何だったと推測する？」

レイラは少し考え込む仕草を見せた。もしかしたら将輝《まさき》が同席しているこの場で正直に答えて良いのか、迷っていたのかもしれない。

「あくまでも私の推測ですが、藍采和《ランケイヒ》は将輝《まさき》さんを虜《とりこ》にして暗殺者に仕立て上げようとしていたのではないでしょうか。将輝《まさき》さんでなければ暗殺できないようなターゲットを相手に」

「一条《いちじょう》さんを洗脳して大亜連合《だいあれんごう》の戦力にするのではなく？」

「はい。将輝《まさき》さんを国外に連れ出すつもりなら、もっと厚い布陣で臨むはずです。しかし実際には、藍采和《ランケイヒ》は単独行動のようでしたから」

「なる程、論理的です」

副官がレイラの答えに相槌《あいづち》を打つ。

「しかし、一条《いちじょう》さんでなければ暗殺できない相手ですか。ご本人はどう思われますか？」

そして副官は、将輝《まさき》に話を振った。

「……俺はまだ、考えが纏《まと》まらなくて……。藍川《あいかわ》さん、いえ、藍采和《ランケイヒ》は俺に何かをさせようという素振りを見せませんでした。洗脳魔法を仕掛けていたのは事実のようですから、これから、だったのかもしれませんが」

「まあ、まだ気持ちの整理が付かないでしょうからね」

基地司令の副官は将輝《まさき》に深い同情を示した。

しかし、それだけではなかった。

「ですがうかがいたかったのは一条《いちじょう》さんが藍采和《ランケイヒ》に対してどう考えているのかではなく、レイラさんが仰《おつしや》ったことについてのご本人の意見なのです」

副官は冷たい興味を瞳に宿して将輝《まさき》に問い掛ける。彼が本当に藍采和《らんさいか》の望みを知らないのか、知っていて忘れさせられているだけなのか、見極めようとしている。

「一条《いちじょう》さんでなければ暗殺できない相手。一体藍采和《ランケイヒ》は誰を狙っていたのだとお考えですか？」

「そうですね……ちょっと、思い付きません。客観的に見て俺の実力は日本でも上位に属すると思いますが、自分にしか暗殺できないという相手がいるとは……。それは裏を返せば、俺がこの国の魔法師の中で最強の一角になっているという意味ですから」

将輝《まさき》には、意識的にも無意識的にも、隠し事をしている様子は無かった。彼から感じられるのはただ、自らの増長を警戒する自律自戒の心構えだけだった。

これもある意味、若さだろう。副官の口元が微《かす》かに緩んだ。

だが彼の目は笑っていなかった。依然として、任務《なすべきこと》を最優先する高級軍人の冷然とした鋼の眼光を、その両目に湛《たた》えていた。

「一条《いちじょう》さん、視点を変えてみましょう。大亜連合《だいあれんごう》の作戦立案者の立場で考えてみてください。もし貴男《あなた》を操って暗殺者にできるとしたら、誰を狙わせますか？」

「そうですね……。敢《あ》えて俺を使うからには、俺だからこそ接触しやすい相手ということになるでしょうね。そうするとまず考えられるのは魔法大学の職員か学生……。その中で大亜連合《だいあれんごう》が、暗殺してでも排除したい人物となると……司波達也《しばたつや》、でしょうか」

将輝《まさき》が達也《たつや》の名前を口にした瞬間、茜《あかね》とレイラの表情が引《ひ》き攣《つ》った。二人は副官の質問に答える将輝《まさき》に視線を向けていたが、いきなり殺気立った彼に驚き目を見張ったのだった。

「大亜連合《だいあれんごう》の狙いは司波達也《しばたつや》氏ですか……」

副官は基地司令と頷《うなず》き合った。

「一条《いちじょう》さん。本件の対応については現在、指示を統合軍令部に仰いでいる段階です。藍采和《ランケイヒ》を捕縛する際に使った魔法の後始末も含めて問い合わせていますので、回答があるまでしばらく基地内でお過ごしいただけませんか？」

副官の申し出は、将輝《まさき》が洗脳されている可能性を疑ってのものだった。

将輝《まさき》は［霹靂塔《へきれきとう》］の後始末の部分に気を取られて、それと気付かなかった。

彼は妹たちと共に、その申し出を受《う》け容《い》れた。

【8】 本格介入

九月十九日、日曜日の夜。巳焼島《みやきしま》の別宅で一休みしていた達也《たつや》に、風間《かざま》から電話が掛かってきた。風間《かざま》はまず先日の治療の礼を述べ、チベット戦争に関して自分が達也《たつや》をサポートすることになったと伝えた。

「連隊長がご自分で民間人のサポートですか？」

『独立魔装連隊《どくりつまそうれんたい》が司波《しば》さんをサポートすると考えてください』

風間《かざま》の言葉遣いが前回と違っているが、今はこちらの方が普通だ。達也《たつや》が成人前で、独立魔《どくりつま》装大隊《そうだいたい》に所属していた頃とは達也《たつや》と風間《かざま》の関係も、達也《たつや》と国防軍の関係も変わっている。

「そうですか。お世話になります」

『こちらこそ。本日は、カトマンズのトリブバン空港が使用可能になりましたのでそのご連絡です』

「態々《わざわざ》ありがとうございます。早速使わせていただくことになると思います」

『そうですか』

モニターの中で、愛想笑《あいそわら》いを浮かべながら目が笑っていなかった風間《かざま》の顔が、本物の笑顔になった。達也《たつや》がすぐにカトマンズへ飛んでチベットに介入する気になっていることを、正確に理解できたからに違いない。

その時、二人にとって優先すべきはシャスタ山の東中腹地下にあるシャンバラの遺跡だった。シャンバラの遺跡とは全く別の場所に現れたローラの目的を探るのは後回しで構わないと、二人とも考えてしまったのだった。

『何があったんですか？』

だが達也《たつや》のただならぬ様子に、どうやら自分たちが間違いを犯したらしいと光宣《みのる》も覚《さと》った。

彼は人外の美貌に人間らしい焦《あせ》りの表情を浮かべて達也《たつや》に問い返した。

「ローラ・シモンはどうやらラ・ロの遺跡を探していたようだ」

『ラ・ロ？　シャンバラの敵対勢力の遺跡をあの魔女は探していたんですか？』

「実際に見付けてしまったと見られる。シャスタ山の北西山麓でローラ・シモンが魔法的な遺跡を発見し、ロッキー・ディーンが遺跡の魔法を身に付けたという報告を受け取った」

『遺跡の魔法を……』

達也《たつや》は淡々と話していたが、まるでその分余計に驚いたとでも言わんばかりに、光宣《みのる》は愕然《がくぜん》とした顔をしている。

『……一体どんな魔法でしょうか？』

「全く分からん。予想できるのは、シャンバラに対抗する為《ため》の魔法ということくらいだ」

『僕が調べてみましょうか……？』

「その件で話をしようと思っていた」

達也《たつや》はそう言って、カメラ越しに光宣《みのる》の目をしっかりと見据えた。

「光宣《みのる》、この一件にはまだ手を出すな」

『えっ……？』

達也《たつや》のその言葉は、光宣《みのる》にとって意外すぎるものだった。いや、光宣《みのる》でなくても聞き間違いかと疑ったに違いない。

「ロッキー・ディーンが遺跡で獲得した魔法の正体はスターズとFEHR《フェール》に探らせる。少なくとも魔法の正体が分かるまでは、お前は介入するな」

『……心配してくださっているんですか』

「光宣《みのる》は侮辱と感じるかもしれないが、お前を失うリスクを冒したくはない」

無論光宣《みのる》は、侮辱だなどとは思わなかった。

『ラ・ロの遺跡にそれほど危険な魔法が埋もれていた可能性があるとお考えなのですね？』

光宣《みのる》は高く評価されている喜びを隠して、達也《たつや》が本当に懸念《けねん》しているのは何なのか、その真意を探る為《ため》の問い掛けを行った。

「シャスタ山の遺跡は敵対勢力と争っていた最前線の砦《とりで》であり武器庫。ならば敵対勢力であるラ・ロにとっても、シャスタ山の遺跡は支配に抵抗する側として最強の武器を保管していたと考えるべきではないか」

『なる程……道理です』

達也《たつや》の論理は単純明快で、光宣《みのる》の腹にストンと落ちるものだった。

しかし、達也《たつや》が本当に言いたいことはむしろここからだった。

「俺が最も懸念《けねん》しているのは、シャンバラ文明がパラサイトを魔法出力の道具として使っていた可能性だ」

『魔法出力の道具……ですか？』

「パラサイトは魔法の出力装置として、人間の魔法師《メイジスト》よりも優れている点が多い。特定の魔法に限定するなら、強力な魔法を長時間発動し続けることができる。人間と違って定期的な睡眠も必要無い。パラサイト間で緊密な連係を取るのに、通信機も必要無い。魔法を社会の基盤に置く文明であり、人間を可逆的にパラサイトに変える技術を持っていたなら、重罪人をパラサイトにした上で隷属させ、魔法を使わせるという利用法も想定できる」

実はパラサイトどころか人間の魔法師《メイジスト》を使った似たようなシステムが、この世界には既に存在していることを達也《たつや》は知っている。だが彼はそのシステムに言及しなかった。

『達也《たつや》さんは、そこまで考えることができるんですね……』

光宣《みのる》がこの時覚えていたのは、感心ではなく戦慄だった。徹底的に情を排した、論理のみの思考。人間を捨てパラサイトとなった自分よりも、余程怪物じみて見える。

そんな光宣《みのる》の、化け物を見る目に達也《たつや》は気付いていない。いや、魔法資質保有者《メイジアン》を閉じ込めてきた闇に光宣《みのる》よりも詳しい達也《たつや》は、気にならないだけかもしれない。

「仮定に仮定を重ねただけの仮説だが、シャンバラ文明がパラサイトの犠牲の上に成り立っていたのだとしたら。その社会を壊すには、パラサイトの支配権を奪うのが手っ取り早い」

光宣《みのる》が絶句する。彼はようやく、達也《たつや》が何を懸念《けねん》しているのか理解した。

『ラ・ロの遺跡には、僕たちパラサイトを隷属させる魔法が隠されていたかもしれない……と？』

「光宣《みのる》はパラサイトとしても特殊だ。そのような魔法があったとしても、お前が虜《とりこ》になることは無いと思う。だが余計なリスクを冒す必要は無い」

『……分かりました。元々僕にも水波《みなみ》さんにも、USNAに対する義理はありません。自分たちに火の粉が及ばない限り、静観することにします』

光宣《みのる》の薄情なセリフを聞いて、達也《たつや》は「そうしてくれ」と満足げに頷《うなず》いた。

◇　◇　◇

現地時間九月十九日午後五時。レナ、遼介《りようすけ》、アイラ、ルイ・ルーの四人は陸路で、カリフォルニア州シャスタ山山麓からバンクーバーのFEHR《フエール》本部に戻った。

自走車による長時間の移動中、レナは眠っている時間以外、ずっと塞ぎ込んだままだった。

彼女の沈んだ表情に、他の三人は詳しい話を聞けずにいた。

本部の自分の席に座り、留守を任せていたギャグノンに何があったのか問われて、レナはようやく重くなっていた口を開いた。

「ロッキー・ディーンは埋もれていた古い魔法を手に入れました」

「それは魔法的な遺跡でレリックを手に入れたということですか？」

遼介《りょうすけ》がレナに訊《たず》ねる。レナも遼介《りょうすけ》も結局、黒い石板の正体が魔法を伝授する魔導書の一種だと知らされていない。［バベル］の事件の際、達也《たつや》は単に「FAIR《フェア》が魔法を悪用した事件を起こした」としかレナには伝えていなかった。

「……分かりません。過去の亡霊がディーンに取り憑《つ》いたようなヴィジョンを視た気がするのですが、単なる悪夢かもしれません」

「亡霊ですか……？」

アイラが呟《つぶや》く。そこに否定的なニュアンスは無かったが、明らかに戸惑っていた。

「……それは、遺跡に染《し》み付《つ》いていた残留思念がロッキー・ディーンに古い魔法を与えたということでしょうか」

遼介《りょうすけ》が呟《つぶや》くように漏らしたセリフに、アイラとルイ・ルーが「なる程」という表情を見せた。

「そう、かもしれません……」

レナは歯切れが悪いながらも否定しなかった。彼女も自分が視《み》たヴィジョンに対する遼介《りょうすけ》の解釈が妥当だと感じているようだった。

「ミレディ。ロッキー・ディーンはどのような魔法を得たのですか？」

アイラやルイ・ルーの反応に自らの明察を誇る素振りもなく、遼介《りょうすけ》はただレナの心痛に寄り添った。この狂信的な忠義心はＦＥＨＲ《フェール》の中でも群を抜いている。おそらくは遼介《りょうすけ》の、生来の素質だろう。

「分かりません。ただ、ディーンと非常に親和性が高い魔法だと思われます」

「適性が高いということですか？」

ギャグノンが横からレナに訊《たず》ねる。

「はい、そんな風に感じました。……もしかしたらディーンが得意としていた魔法の、上位互換版みたいな魔法なのかもしれません」

「ディーンが得意な魔法というと、［ディオニュソス］ですか？」

ルイ・ルーの問い掛けに、レナは「はい、多分」と頷《うなず》いた。

「……すみません。その［ディオニュソス］という魔法を私は知らないのですが、どのような魔法なのですか？」

アイラが遠慮がちに質問の声を上げた。

レナ、ギャグノン、ルイ・ルーが顔を見合わせる。彼女たちも知らなかった、のではなく、誰が説明するのか譲り合ったのだが、

「[ディオニュソス]は多人数を対象にする精神干渉系魔法です」

回答役を引き受けたのは遼介《りょうすけ》だった。

「集団を酩酊《めいてい》状態にして理性の抑制を外すと言われていますが、本当のところは分かりません。単なる集団ヒステリーを誘発する催眠術のようなものかもしれないと言う者もいます」

ただ遼介《りょうすけ》は[ディオニュソス]が行使された場面に遭遇したことがないので、あくまでも伝聞だった。

「特定の犠牲者を狙って発動するものではないので、魔法ではなくサイ能力の一種だと言う者もいますね」

「サイ能力だとすると……能動テレパシーの一種でしょうか？」

アイラが呟《つぶや》くように思考を口にした。

「ディーンが魔法を使ったシーンは観察例が少ないので、実は良く分かっていないのです」

ルイ・ルーが肩を竦《すく》めるような仕草をアイラに見せる。

「ただ、正気を疑うしかない集団行動を引き起こすことだけは確実です。[ディオニュソス]の性質も、その現象面から推測されているんですよ」

「その上位互換となると……大規模な暴動を引き起こす魔法でしょうか」

何の気無しにアイラが呟《つぶや》く。それは質問ではなく大きめの独り言だったが、レナの懸念《けねん》を射《い》貫《ぬ》くものだった。

血の気が引いて真っ青になったレナに、全員が慌てふためいた。

「——ディーンを捕らえて、無力化しましょう。どんな魔法を手に入れたとしても、拘束してしまえば脅威ではありません」

レナを慰める為《ため》に、遼介《りょうすけ》が決然と言い放つ。躊躇《ためら》いも恥ずかしげも無いヒロイックな宣言は、二十歳過ぎとは言え若さ故か。遼介《りょうすけ》はこの中で最年少だ。

「……ですが、どうやって？　隠れ家が分からなければ何もできませんが」

遼介《りょうすけ》の余りにも堂々とした態度に毒気を抜かれた様子で、それでも冷静にギャグノンが指摘する。

「日本のメイジアン・カンパニーに力を貸してもらいましょう。ＦＡＩＲ《フェア》が危険な魔法を手に入れたことは、向こうも無視できないはずです」

遼介《りょうすけ》は何の根拠も無く、この事実にたどり着いた。

◇◇◇

九月二十日朝。達也《たつや》は伊豆《いず》にいる藤林《ふじばやし》に電話でアメリカ洪門《ホンメン》、そして三合会《さんごうかい》の動きを監視するよう指示して、自分は巳焼島《みやきしま》からカトマンズに向けて飛び立った。

大亜連合《だいあれんごう》の領空を避けるルートで約二時間。最高速度マッハ七のスピードを活《い》かして、達也《たつや》

防御性能とステルス性能はむしろ勝っている。

フリードスーツを着込んだ達也《たつや》は、同時にシールド魔法のマジストアを作動させた。スーツを包み込む形で［防御シールド］の魔法が発動する。

達也《たつや》は多種多様な魔法式を構築できないだけで、事象干渉力自体は極めて高い。マジストアの補助を得て展開した［防御シールド］は、単層の魔法シールドとしては防御力を重点的に強化された「十」の魔法師にも匹敵する強度を有していた。

ミサイルが護衛の装甲車と、達也《たつや》が乗っているキャンピングカーを直撃する。爆発による破片の飛散よりも高熱ガスの発生に重点を置いた弾頭は三台の車輛《しゃりょう》を瞬《また》く間《ま》に燃え上がらせた。

装甲車には魔法師も同乗していた。だが完全な奇襲で、車が炎に包まれたのは一瞬とも言える出来事だった。魔法による防御も避難も間に合わない。

結果的に彼らを見殺しにした達也《たつや》は、脱出した空中で炎上する三台の車輛《しゃりょう》と飛び去っていくステルスドローンを撮影して、トリブバン空港の自家用機の側に［疑似瞬間移動］で帰還した。空港を出発して、約一時間後のことだった。

達也《たつや》が部品の状態で持ち込んだのはフリードスーツだけではない。飛行二輪車《エアバイク》ウイングレスも分解状態で貨物室に積んできている。このエアバイクはフリードスーツと同時期に開発されたもので、『ウイングレス』の名称も仮のものだったが、数次にわたる改良を経た今もこの名

前が使われている。

当初のウイングレスに付けられた飛行機能は、あくまでも緊急時に使用するおまけ的なものだった。だが今では「エアバイク」の名に相応《ふさわ》しく、飛行がメインで車輪走行の方が補助的な機能になっている。

飛行原理はエアカーと同じで、地球の重力の作用ベクトルを改変することで空中を自在に移動する。初期型が通常の飛行魔法と同じ原理だったのと対比して、速度と航続距離が飛躍的にアップしている。

ただ搭載できる術式補助演算機《CAD》とバッテリーのサイズの問題で、エアカーほど強力な飛行魔法補助はできない。具体的には飛行可能高度と最高速度がエアカーより大幅に劣っている。それでもエアバイク・ウイングレスは、個人の移動手段としては破格の性能を実現していた。

達也《たつや》はキャンピングカーを手配してくれたIPUの職員に襲撃された事実を伝え、襲撃直後の様子を撮影した録画データのコピーを渡した。そして［再成］により一瞬で組み立てたウイングレスで、改めてキャンプ地へと向かった。

文民監視団キャンプではマクロードとシュミット、二人の「使徒」が達也《たつや》の到着を待っていた。キャンピングカーではなくバイクでやって来た達也《たつや》に二人は驚きと意外感を示したが、途中で襲撃を受けた事実を聞いてシュミットだけでなくマクロードも顔色を変えた。

「……ご無事で何よりでした」

青ざめた顔で、達也《たつや》の無事に安堵《あんど》した様子を見せるシュミット。

「——犯人の姿は御覧になりましたか？」

一方、マクロードは同じように青ざめた顔で、襲撃犯の正体に関心を示した。

「犯人は見ませんでしたが、犯人が使った武器は録画してあります。御覧になりますか？」

達也《たつや》はマクロードだけに目を向けて答え、訊《たず》ねた。

「……いえ、私は結構です」

シュミットは少し躊躇《ためら》った後、達也《たつや》の申し出を辞退した。厄介事には関わりたくない、という態度だった。

「自分の車から、これまでの監視団の活動に関する資料を持ってきます」

「分かりました。サー・マクロードは御覧になりますね？」

「……拝見します。私の車にどうぞ」

「では私も後程、教授《プロフェッツァ》のお車にお邪魔いたします」

「ええ、お待ちしております」

マクロードはシュミットにそう答えて、達也《たつや》を自分のキャンピングカーに先導した。

「このステルスドローンは貴国の情報機関がお使いの物と同じですね？」

録画データをマクロードのキャンピングカーで再生した後、達也《たつや》はマクロードにそう訊《たず》ねた。

「そうですね。国防情報参謀部《DIS》が運用している暗殺ドローンで間違いありません」

マクロードは、潔《いさぎよ》くと言える程あっさりと達也《たつや》の指摘を認めた。

「サー・マクロード。私は貴国の不利になるような真似《まね》をするつもりはありません」

マクロードが真意を探る眼差《まなざ》しで達也《たつや》の表情を窺《うかが》っている。

「車を提供してくれたカトマンズの職員にはこの録画データのコピーを渡しましたが、ご希望ならデータは破棄します」

第三者の手に渡ったデータを破棄すると達也《たつや》は言った。

彼にはそれが可能であると、マクロードは疑わなかった。

「……恐らく、『ザ・ナイツ』の仕業でしょう」

達也《たつや》の敢《あ》えて言葉にしなかった求めに応じて、マクロードは心当たりがある襲撃犯の正体を明かした。

「ザ・ナイツ……魔法秘密結社『ログレス騎士団』ですか？」

「よく勘違いされていますが、ザ・ナイツの方が正式名称でログレス騎士団は外部の者が呼ぶ通称です」

「それは知りませんでした」

「安心しました。ミスター司波《しば》にも、ご存じでないことがあったのですね」

マクロードが達也《たつや》に笑い掛け、達也《たつや》は苦笑でそれに応じた。

ログレス騎士団――ザ・ナイツは反王室・反政府を掲げるイギリスの魔法秘密結社で、イギリス政府からはテロリストに指定されている。その政治的スタンスはイギリス王室の複雑な歴史を反映したもので、今となってはイギリス人でも理解できる者は少ないだろう。

彼らの中心教義はブリテンの伝説、アーサー王の復活。だがそのアーサー王伝説自体がキリスト教以前の古民族的なものなのか、キリスト教以降のローマ的なものなのか明確でない面がある。ザ・ナイツについてはっきり分かっているのは、ドルイド魔術とキリスト教神秘主義を混ぜ合わせた古式魔法を組織的に伝えていることと、現在のイギリス政府に敵対し最新の近代兵器でも武装しているということだけだ。

「ザ・ナイツはミスターが我が政府の有力な同盟者になったと考えているようです」

マクロードはそう言って、イギリス紳士的な冷笑を漏らした。

「実はミスターを排除したがっている組織から、そう吹き込まれているだけなのですがね」

「なる程。サーは、彼らと陣営を異にしていると理解してよろしいのですね」

達也《たつや》が気負いも敵意も無い、淡々とした口調で訊《たず》ねる。

「我が国はミスターとの友好関係を重視しています」

マクロードは威儀を正して、その問い掛けに答えた。

「では私がザ・ナイツを排除しても構いませんか？」

達也《たつや》は特に気負った様子も無く、イギリス政府が手を焼いている魔法秘密結社を「排除する」と口にした。

「ブリテン政府はミスターの行動を積極的に支持します」

「ありがとうございます。……そろそろシュミット教授にお入りいただきませんか」

「ええ、そうしましょう」

事件は火種とならず、達也《たつや》とマクロードの間に和解が成立した。

その日は達也《たつや》が現在の情勢について、生の情報を入手するだけで終わった。今日はマクロードとシュミットもいったん帰国するということだったので、達也《たつや》はイギリス軍の輸送ヘリにエアバイクごと同乗させてもらうことになった。

◇◇◇

達也《たつや》が日帰りで帰国したのは、出発前からの予定だ。今回は文民監視団への参加を行動で示し、日本がチベットの戦争から手を引いていないとIPUに示すことが主な目的だった。

巳焼島《みやきしま》に戻ってきた時、日本はまだ夕方だった。達也《たつや》はまず風間《かざま》に電話を掛けてチベットで襲撃を受けた件を報告し、容疑者としてログレス騎士団の名を挙げた上で、この魔法秘密結社に関する情報を依頼した。

風間《かざま》との電話が終わった後、彼の個人執事の兵庫《ひょうご》にも傭兵《ようへい》ネットワークからログレス騎士団の情報を入手するよう命じた。

達也《たつや》はログレス騎士団について、それほど深刻な脅威とは感じていない。攻撃されたから反撃するつもりだが、根絶やしにする必要性までは覚えていない。

彼の認識では、ログレス騎士団は単なる端役《はやく》、単なるエキストラだ。FAIR《フェア》と、おそらく彼らを支援している三合会《さんごうかい》、その背後にいる洪門《ホンメン》の方が重大な脅威だと、達也《たつや》は認識していた。

「達也《たつや》様、バンクーバーのFEHR《フェール》からお電話です」

そこへ兵庫《ひょうご》がアメリカ西海岸からの着信を知らせに来た。達也《たつや》がFAIR《フェア》に対してどう動くか考えていたところに、ちょうど。偶然にしてはできすぎのタイミングだった。

達也《たつや》は日本と西海岸の時差を計算して、軽く眉を顰《ひそ》めた。バンクーバーは今、真夜中のはずだ。何か緊急事態が生じたのだろうか。

達也《たつや》は調布《ちょうふ》に戻る準備を中断してヴィジホンの画面に向かった。

『ミスター司波《しば》！　良かった、ようやく通じました』

「ミズ・フェール。何か急なトラブルでも起こりましたか？」

電話の相手はレナだった。彼女の口振りからするに、達也《たつや》が留守にしている間に何度も電話を掛けてきたようだ。

『FAIR《フェア》のロッキー・ディーンが危険な魔法を手に入れました。早急に対処しなければなりません！』

「危険な魔法というと、先日西海岸で事件となった魔法のような？」

達也《たつや》は余りにも白々しい質問を返したが、幸いレナにはその内幕が分からない。

『ローカルな騒動では収まらない、大事件につながりかねない魔法です』

レナのこの返事に、達也《たつや》の興味が刺激された。

「ディーンがどんな魔法を手に入れたのか、お分かりなのですか？」

レナは達也《たつや》たちが摑《つか》んでいないこの情報について、知っているような口振りだった。

『……分かっているわけではありません。ただ、［ディオニュソス］の上位互換のような、大きな、それこそ国を揺るがすような魔法を手に入れている気がするのです』

「［ディオニュソス］の上位互換ですか……」

FAIR《フェア》を敵対勢力と認識した時に、ロッキー・ディーンの［ディオニュソス］がどのような魔法なのか調べてある。特殊な精神干渉系魔法の遣い手を何人も抱える四葉家《よつばけ》にとっても、興味深い魔法だった。

レナが言っているのは根拠の無い直感だが、達也《たつや》はそれを妄想に囚《とら》われた虚言空言《きょげんくうげん》とは思わなかった。これまでの例で、合理的には説明が付かない預言のような能力をレナが所持している可能性は高い、と分かっている。

達也《たつや》はレナのことを、魔法師というより霊能力者だと評価している。

自分にはまだ理解できない特殊な能力を、達也《たつや》はレナの中に認めていた。

『……信じてくださるんですか？』

「ミズ・フェールがそう感じられたのでしょう？　それを否定する根拠はありません」

ただ達也《たつや》は遼介《りょうすけ》や他のＦＥＨＲ《フェール》のメンバーのような、信仰的な信頼をレナに寄せているわけではなかった。

――否定する根拠が無いならば、頭から否定せずに事実である可能性を保留する。

達也《たつや》はこの、科学の原則に従っているだけだ。

『ありがとうございます、ミスター司波《しば》』

それがかえってこの時のレナには、本当に信用してもらっているように感じられた。

『実はミスターの御力を借りることについて、私たちの間では意見が分かれていました』

どうやらＦＥＨＲ《フェール》内部には、達也《たつや》に頼ることをよしとしないグループが存在するらしい。

組織として健全なことだ、と達也《たつや》は思った。

『ですが、じっくり議論をしている時間はありません。それでは手遅れになってしまいます』

「ミズ・フェール。私に何をお求めですか？」

レナに何が見えているのか、彼女がどのような未来を幻視しているのか、興味はあった。だが時間が無いという点は――少々意味合いは違うが――達也《たつや》も同感だった。彼は本題を訊《たず》ねた。

『ロッキー・ディーンの隠れ家を知りたいのです。ミスターはステイツにも伝手《つて》をお持ちなのでしょう？　彼が何処《どこ》に隠れているのか分かりませんか？』

達也《たつや》はディーンともローラとも接触したことが無い。光宣《みのる》や真由美《まゆみ》のようにどちらかと会っていれば、あるいは深雪《みゆき》か達也《たつや》自身に二人が直接攻撃を仕掛けていれば、［エレメンタル・サイト］ですぐにでも居場所を突き止められただろう。

しかし今のところ、縁が薄すぎて［エレメンタル・サイト］では調べられない。

ただローラの潜伏先はスターズも調べているはずだ。先日、目の前で逃げられているから、本気で捜しているに違いない。スターズから情報を得るチャンネルはある。

「確約はできませんが、調べてみましょう」

『お願いします、ミスター司波《しば》。私たちの方でも捜してみますので、何か分かりましたらご連絡します』

「了解です、ミズ・フェール」

元々FAIR《フェア》については、取り敢《あ》えずスターズとFEHR《フェール》に対応させるつもりでいた。達也《たつや》にとってこれは、働き掛けの手間が一つ省ける展開だった。

◇◇◇

ログレス騎士団——ザ・ナイツに関する情報収集には、丸一日を要した。調査に最も貢献があったのは風間《かざま》でも兵庫《ひょうご》でもなく、藤林《ふじばやし》だった。彼女の情報収集力は、今はもう利用できないフリズスキャルヴに匹敵すると思われる。

直接的な破壊力よりも情報が武器になる時代だ。国防軍にとって藤林《ふじばやし》の離脱は、達也《たつや》に対する命令権喪失以上に大きな痛手だったと言えるだろう。

調査結果を元に、ログレス騎士団について達也《たつや》が出した結論は「自分が直接対処するまでもない」だった。

大亜連合《だいあれんごう》とログレス騎士団は想像を超えて緊密な関係にあった。欧米と正規の交易ルートを持たない大亜連合《だいあれんごう》にとって、ログレス騎士団香港支部《ほんこん》はハイテク兵器の重要な供給ルートだったのだ。風間《かざま》と柳《やなぎ》が重傷を負った観戦武官団襲撃に使われたステルス爆撃機も、ログレス騎士団の斡旋《あっせん》により入手した物だった。

一方、大亜連合《だいあれんごう》は資金と資源とアジア系人脈をログレス騎士団に提供していた。イギリスの情報機関が長年追及してきたにも拘《かか》わらずログレス騎士団が勢力を保っているのは、国内に古くからの支持者が存在するからばかりではなかった。近年は大亜連合《だいあれんごう》の支援が大きかったようだ。

無論、一日調べただけで分かることがイギリス政府に分からないとは、考えにくかった。イギリス政府には何らかの意図があって、ログレス騎士団を見逃していたのだろう。

ならば達也《たつや》が積極的に騎士団の殲滅《せんめつ》に乗り出すのは、得策とは言えない。当面はステルスドローンを放《はな》ってきた拠点を潰すだけに留《とど》めることにした。

観戦武官が攻撃を受けたことに対する落とし前は、派遣した各国が付けるだろう。ログレス騎士団の支部がある香港《ほんこん》ではしばらく市民を巻き込んだ暴力の嵐が吹き荒れるだろうが、達也《たつや》が口出しすることではなかった。

なおステルスドローンとステルスミサイルを保管していたチベット国内の基地は、正体不明の魔法攻撃により、その日の内に人知れず地上から消え去った。

爆炎も爆風も無い、静かな消滅だった。

◇　◇　◇

ラ・ロの遺跡をローラが発掘しディーンが遺跡の魔法を手に入れたことで事態が複雑化しているが、現状で達也《たつや》にとっての優先課題はシャンバラの遺産を適切に管理することだ。ディーンが手に入れた魔法が現実の脅威になると判明するまで、その優先順位は変わらない。

取《と》り敢《あ》えず、最も危険視していたシャスタ山の遺跡は封印が完了した。次はラサの遺跡を秘匿し続けることだ。

この件については達也《たつや》自身の失策によりIPUの興味を惹《ひ》いてしまっている。彼らを満足させる代替物をポタラ宮に用意しておく必要があるだろう。その為《ため》にはまず、ポタラ宮の遺産管理人に接触する必要がある。

その為《ため》に達也《たつや》が兵庫《ひょうご》や藤林《ふじばやし》の助言を得て考え出した方策は。

『……ラサの無防備都市《オープンシティ》宣言ですか？』

達也《たつや》はマクロード、シュミットと三人で開催した電話会議で、二人にこの提案をした。

「ポタラ宮を戦火に曝《さら》したくないのは、傀儡《かいらい》政府も亡命政府も同じ気持ちであるはずです」

訝《いぶか》しさよりも驚きで声を上げたシュミットに、達也《たつや》は表向きの説明を行う。

現在チベットで行われている戦争は、大亜《だいあ》連合《れんごう》の傀儡《かいらい》政府にIPUが支援する亡命政府が挑む形で行われている。実質はどうあれ、表面的にはチベット政府対チベット政府の内戦だ。戦後の統治を考えるなら、どちらもラサを無傷で残したいはずだった。

「また、ラサは軍事上の要衝ではありません」

ラサは観光都市として整備されてきた経緯もあり、交通の便が良い。裏を返せば、防衛が難しい。

また、大亜連合《だいあれんごう》本国から遠く離れており、IPU──インドに近すぎる。現在軍事的に劣勢にある大亜連合《だいあれんごう》としては、ラサを中心とするチベット南西部から手を引いて、青海《チンハイ》とその隣接地域を確保するという決着も考えているはずだ。

『なる程。交渉の持って行き方次第では、ラサをオープンシティにさせることは不可能ではありませんな』

マクロードは達也《たつや》のアイデアに前向きな興味を示した。混同される向きもあるが、オープンシティ宣言は降伏宣言ではない。あくまでも軍民分離の原則に基づく民衆保護（文民保護）の為《ため》の措置だ。オープンシティを宣言したからといって、その都市を敵軍に明け渡す義務は無い。その前方で敵の進軍を食い止めることは、オープンシティ宣言の趣旨に反しない。

またマクロードたち文民監視団にとっても、ラサのオープンシティ化は大きな成果になる。監視団の名目は民衆を戦争犯罪から保護することだ。オープンシティ宣言による民衆保護が実際に成し遂げられれば、国際政治における金字塔として記憶されるだろう。戦略級魔法師を派遣したイギリスと西EUも、大いに面目を施すことになる。

『監視団の他のメンバーにも諮《はか》ってみましょう。ミスター司波《しば》は次に何時《いつ》、現地入りされますか？』

「明日にでも」

マクロードの問い掛けに、達也《たつや》は迷い無く答えた。

『……そうですか』

『……ヘル司波《しば》はご多忙とうかがっておりましたが』

この答えは、マクロードにとってもシュミットにとっても、意外なものであったようだ。

「貴重な文化遺産が戦火で失われかねないのです。可能な限り急いだ方が良いと考えています」

無論達也《たつや》の本音は別にある。だがポタラ宮を焼きたくないという気持ちは、嘘《うそ》ではなかった。

『そうですね……。私もスケジュールを調整しましょう』

『プロフェッソアがそう仰《おっしゃ》るのであれば、私も』

マクロードとシュミットがそう言い、三人は明日チベットで会することになった。

◇◇◇

FEHR《フェール》の事務所に突然連邦軍の士官から電話が掛かってきたのは九月二十二日午前九時、日本時間で二十三日午前一時のことだった。

『私は特殊作戦軍魔法師部隊スターズのソフィア・スピカ少尉です。先日は当部隊のテイラー少尉が大変ご迷惑をお掛けしました』

電話に出るなりいきなり謝罪されて、レナは面食らってしまう。

「……いえ、もう気にしていません」

『ありがとうございます。本日ご連絡したのは、貴女方《あなたがた》がロッキー・ディーンとローラ・シモンの隠れ家についてお知りになりたいとうかがったからです』

心がこもっていない形式的なレナの反応を気にした素振りも無く、スピカは本題に入った。

『あの二人はカリフォルニア州リッチモンド市に潜伏しています』

スピカがそう言った直後、ヴィジホンのモニターはスピカの顔ではなくリッチモンド市の地図を表示した。赤くマーキングしてある場所が、ディーンたちの隠れ家の位置なのだろう。

「……何故《なぜ》、情報を提供してくださるのですか？」

『我々は警察ではないからです』

レナの問い掛けに、スピカはこう答えた。

「つまり……当局内でのトラブルは避けたいと？」

『だからといってあの二人を見逃すつもりも無いんですよ。リスクを無視できませんから』

スターズはディーンとローラを自分と同じように危険視している。

レナは自分の直感が正しかったと確信した。――少しも嬉《うれ》しくはなかった。

「私たちに、何をお望みですか？」

『すみません、警戒させてしまったようですね。話は逆です。私たちは、貴女方《あなたがた》の力になりたいと考えています』

モニターに映るスピカ少尉は、先月自分たちを振り回したテイラー少尉と同年代に見える。階級も同じ少尉だ。だが交渉相手としては遥《はる》かに油断ならないと、レナには思われた。

レナに疑いの目を向けられていることに、スピカはもちろん気付いていた。だが彼女は態度を変えない。過剰に愛想《あいそ》を振りまくことなく、むしろ控えめな笑みを浮かべていた。

『もし貴女方《あなたがた》がリッチモンドの現地の調査をご希望なら、人数分のチケットをご用意しますよ』

「つまり……私たちにディーンとシモンを追わせたいのですか？」

『貴女方《あなたがた》があの二人の身柄を確保してくださるなら、あらゆる助力は惜しみません。貴女方《あなたがた》が罪に問われることはないと、スターズが保証します』

スピカは本音を隠さなかった。

スターズの任務には、危険な戦闘魔法師の処断が含まれる。だがそれは、軍内部を想定した憲兵の役割だ。魔法師であっても民間人の犯罪者であれば、本来はスターズの権限外。

だがスターズは合衆国《ステイツ》のセキュリティとセクショナリズムを天秤《てんびん》に掛けたりはしない。これまでも国家の危機につながると判断すれば、超法規的な行動を取ってきた。

言うまでもなく、文民統制の視点からすれば失格だ。犯罪ですらある。しかし現実問題として、正しい法手続きでは対応が間に合わないこともある。連邦軍でありながら治安の一翼を担《にな》うスターズの隊員は、汚れ仕事に慣れていた。

もっとも、レナはスピカに唆《そそのか》されなくても「ディーンとローラの二人を放置しない」と、既に覚悟を決めていた。後始末を引き受けてくれるのならば、レナにとっても望むところだった。

「リッチモンドには自分で行きます。現地でのバックアップをお願いできますか」

『何でも仰《おっしゃ》ってください』

スピカは自分に必ずつながる連絡先をレナに告げて、通話を終えた。

レナは午前の内に、オークランド国際空港へ飛び立った。

同行者は前回と同じ、遼介《りょうすけ》、アイラ、ルイ・ルーの三人だった。

◇　◇　◇

監視団内部では、ラサの無防備都市《オープンシティ》宣言をチベット政府に勧告するプラン自体に反対意見は無かった。議論になったのは、どのような形で勧告を行うかという点だった。

普通に考えれば、勧告書を送り付ける方法だろう。だがそれでは無視されて終わる可能性が高い。通信は最初からつながらないということはないだろうが、下級士官が出て来て「指揮官に伝えておきます」で終わるのが目に見えている。

それにラサではまだ、民政が機能している。戦時下なので軍と市政府、どちらが優先されるのか外部からでは分からないが、中央政府がラサをオープンシティにすると決めればチベット軍は逆らわないだろう。

チベット正統政府軍とIPU軍がラサのオープンシティ化に反対する懸念《けねん》は無かった。元々魔法師による文民監視団は大亜連合軍《だいあれんごうぐん》による焦土作戦を阻止したいIPUと、国際政治の舞台で影響力を取り戻したい西EUの思惑が絡《から》み合《あ》って結成されたものだ。

話し合いはすぐに、ラサに直接乗り込んで交渉するのが効果的だという結論で纏《まと》まった。問題は、誰がラサに赴くか。ラサに中立の旗を掲げても、攻撃されるリスクは高い。だからといって軍を護衛に付けるわけにはいかない。単身戦地を突っ切って、無傷で生還する能力が必要だ。

話し合いの結果、発案者の達也《たつや》が交渉役に選ばれた。

ポタラ宮の遺産管理人とコンタクトを取る為《ため》の第一関門は、こうしてクリアされた。

オープントップの小型車輌《しゃりょう》を自分で運転し、サマースーツを着ただけの無防備な姿を両軍に曝《さら》して、達也《たつや》は一人でラサに入った。

敵意に満ちた多くの視線が達也《たつや》に浴びせられる。だが彼らの目の中には、隠し切れない恐怖が宿っていた。大亜連合《だいあれんごう》の兵士は、未《いま》だに「灼熱《しゃくねつ》のハロウィン」の悪夢から逃れられずにいるのだ。

達也《たつや》は検問を通過する度、大人しく身体検査に応じた。さすがに「裸になれ」という要求は拒否したが、武器を持っていないことを証明する為《ため》に車は気が済むまで調べさせた。車の床にばらまいたフリードスーツの素材は、単なる砂と思われて疑われなかった。

達也《たつや》は大亜連合《だいあれんごう》の兵士に連行される格好で、無事ポタラ宮に入った。

意外なことにチベット傀儡政府の閣僚は、達也《たつや》に友好的だった。もしかしたら大亜連合《だいあれんごう》軍の司令官から「機嫌を損ねるな」と命じられているのかもしれない。

無防備都市《オープンシティ》宣言については、さすがに即答とはいかなかった。ただ即答で「Ｎｏ！」でもなかったので、チベット政府内でも検討されている案なのかもしれない。

少し議論をしたいので、二時間程ポタラ宮内で待っていて欲しいと達也《たつや》は求められた。その間、世界に誇る文化遺産である紅宮を観光しては、との提案もあった。

達也《たつや》にとっては罠《わな》を疑う、好都合な提案だった。

ポタラ宮は政治の中枢である白宮と宗教の中心である紅宮に分かれている。考えてみれば部外者の達也《たつや》を白宮から遠ざける為《ため》に紅宮を利用するというのは、合理的かもしれない。

だが案内役にあの遺産管理人のラマが付いたのは、やはり都合が良すぎて罠《わな》を疑わずにはいられない展開だった。

「……御身は何故《なぜ》、危険を冒してまでこの宮殿に御出《い》でになったのですか？」

案内の途中で、ラマが流暢《りゅうちょう》な日本語で訊《たず》ねる。官僚や軍人は日本語が達者という理由でこのラマを選んだのかもしれない。

「ここに蓄えられている遺産を守りたいと思ったからです」

傍《はた》で聞いている限り、文化財保護の模範的な回答だ。だが達也《たつや》をシャンバラの遺跡へ案内したラマには、別の意味に聞こえた。

「御懸念《けねん》には及びません。本当に大切な宝は、資格が無い者の目には触れぬようになっていますから」

ラマの回答も第三者にとっては、宗教的な一般論の域を出ないものだ。しかし達也《たつや》には、自分の発言の意図が正確に伝わっていると分かった。

「今回は『何も見付からない』では満足しないと思われます」

「ご安心ください。態々《わざわざ》お見えになった方には、きちんと価値のある物を御覧いただきます」

つまりシャンバラの遺産管理人は、この様な時の為《ため》にダミーとなる宝物を用意しているということだろう。

「それを聞いて安心しました」

どうやら達也《たつや》が何もしなくても対策は取られていたようだ。それを確認できたことで、無駄足ではなかったと達也《たつや》は考えることにした。

約束の二時間後、達也《たつや》は無防備都市宣言《オープンシティ》について応諾の回答を得た。当日中に回答は無いと予想していた達也《たつや》には意外すぎる結果だった。即時決裂は無いにしても、交渉は引き延ばされると達也《たつや》は考えていた。

もしかしたら大亜連合《だいあれんごう》の内情は、想像していたよりも悪いのかもしれない。外からでは分からないが、度重なる敗戦で国内の権力闘争が激化している可能性もある。

帰り道にも、襲撃は無かった。八仙《はっせん》の残党が手を出してくるかとも思っていたが、どうやら達也《たつや》の考えすぎだったようだ。

彼は監視団のキャンプでマクロードと合流して、チベット政府の回答書をチベット正統政府――現政府側は「反政府勢力」と呼んでいる――に手渡した。そして回答書の内容をその場で教えられて、達也《たつや》はようやくチベット政府と大亜連合《だいあれんごう》の思惑を知った。

回答書には無防備都市宣言《オープンシティ》の前提になる条件が記されていた。

条件は二ヶ条のみの簡単なものだった。

一つは、オープンシティ化の措置を執る期間の停戦。回答書の条件に応諾が示されてから十日間の停戦期間を設け、その期間中にラサからの撤兵を完了するというもの。

そしてもう一つは、司波達也《しばたつや》の国外退去だった。文民監視団はチベットに留まっても構わないが、司波達也《しばたつや》はチベットおよびIPU領土内から退去して終戦まで再入国しないこと。その保証をチベット政府と大亜連合軍《だいあれんごう》は求めてきた。

それを聞いて、達也《たつや》は呆《あき》れた。幾ら何でも過剰反応ではないかと考えた。

しかし、この条件を馬鹿げたものと見做《みな》しているのは達也《たつや》本人だけだった。チベット正統政府もIPU連邦軍司令部も、これを妥当なものと受け止めた。

個人が国家に対抗し得る力を持っているということの意味を、達也《たつや》は真に正しく理解していなかったのだ。

部下を従えることでしか国家の力を振るえない権力者にとって、誰にも頼らず個人で国家と同等の力を持つ魔人は、共存することができない、存在していること自体が許し難《がた》いもの。自分の権力の脆《もろ》さを知っているからこそ、権力者は達也《たつや》のような存在を前にすると自分が愚弄されて根本から否定されているような気になってしまう。

できればすぐに、この世から消し去りたい。

それができなければ、視界に入れずに済ませたい。

東道《とうどう》たち日本の権力者がこの妄執に囚《とら》われないのは、達也《たつや》が個人で完結した存在ではないと知っているからだ。達也《たつや》自身が、自分は日本社会という巨大システムの歯車でしかないというスタンスを崩さないからだ。だから彼らは、自分たちの権力の脆《もろ》さを知りつつ、達也《たつや》という魔人の存在に忌避を覚えずに済む。

そうした権力者の心理は別にして、達也《たつや》にとってもこれ以上チベットに留まる必要は無い。ラサのオープンシティ化で、風間《かざま》や明山《あきやま》の面目は十分に立ったはずだ。彼はたった二度の参加で、魔法師による新たな国際機関の雛形《ひながた》となる、文民監視団の仕事を終えた。

チベット傀儡《かいらい》政府とチベット亡命政府の間で即座に電話会談が持たれ、ラサの無防備都市《オープンシティ》宣言は世界に向けて大々的に発表された。その功労者として達也《たつや》の名は、マクロード、シュミットと共に、大袈裟《おおげさ》に賛美された。

達也《たつや》が日本に向けてカトマンズから飛び立った、約一時間後の出来事だった。

◇　◇　◇

巳焼島《みやきしま》に帰還し、達也《たつや》は別宅で「ようやく一仕事終えた」と一息ついていた。

しかしそんな彼の許《もと》に、凶報がもたらされた。

サンフランシスコで、大規模な暴動が発生。

拡大を続けて収まる気配が無いその騒動はどうやら、ローラがシャスタ山の北西山麓で発掘しディーンが手に入れた、シャンバラの対抗勢力、ラ・ロの魔法により引き起こされたものらしい。

この未知の魔法に対処する為《ため》、FEHR《フェール》のレナとスターズのカノープスが、達也《たつや》に援助を求めてきた。

達也《たつや》にはまだ、休息が許されないようだ。

彼は取《と》り敢《あ》えず、カノープスと話をすべく通信室に向かった。

〈続く〉

あとがき

『メイジアン・カンパニー』第七巻をお届けしました。如何《いかが》でしたか。お楽しみいただけましたでしょうか。

本シリーズで最大の悩みどころは、主人公が強くなりすぎた点にあります。「今更かよ！」と仰《おつしや》る方も多いと思います。ですが、聞いてください。

本シリーズのコンセプトの一つに「単なる力だけなら最強の主人公が、力押しでは解決できない障碍《しようがい》に立ち向かう」というものがありました。作者的には、これまでのドラマを——ドラマになっていますよね？——このコンセプトに沿って進めてきたつもりです。「力押しでは解決できない障碍《しようがい》」は既存の社会構造であり、それを動かす権力と経済力であり、大多数の人々の心に根付いた既成概念と常識でした。

しかし経済力を手に入れ権力に食い込み、社会の変革へ踏み出し、英雄的な、魔王的な活躍により、既成概念と常識の軛《くびき》すら断ち切りつつあるところまで、主人公の歩みは進んでしまいました。そうなると「主人公の敵をどうするか」というヒーロー物に付きものの悩みに取り組まなければなりません。

ライトノベルに限らずミステリーやSFなどの大衆小説も、こういう場合のセオリーは「宿敵やライバルの力をインフレさせる」です。主人公の強さがインフレするのは、先行して敵の力がインフレするからではないかと、実は思っています。……三文小説作家の言い訳ですけど。ただ、物理的な破壊力で主人公を凌駕《りょうが》する敵の存在は、この小説の設定上登場させられません。そんな敵と主人公が正面衝突すれば敵も味方も誰も生き残らない、「勝者の無い戦い」になってしまいます。

そこで考えたのが「ラ・ロ」が残した「ギャラルホルン」です。読者の皆様には改めて解説する必要も無いと思いますが、北欧神話で「神々の黄昏《ラグナロク》」を告げる「白い神《アース》」ヘイムダルの角笛が元ネタです。これが作中でどのように活用されるのかは、第八巻以降をご期待ください。なおこれも、言うまでもありませんが、カーラチャクラ・タントラに登場する「ラ・ロ」は北欧神話とは何の関係もありません。——無い、はずです。

また作中では「ムー」「レムリア」を登場人物が小馬鹿にしていますが、私自身はムーもレムリアも結構好きです。ムー文明は太平洋で非常に密集した島々の連合体国家による海洋文明だったのではないか、なんて空想したこともあります。もちろん、何の根拠もありません(笑)。

眉唾物といえば。私は神代文字も肯定派です。神代文字を否定する根拠として、古代の日本語は現代日本語よりも母音が多かったことが挙げられますが、その母音は外来語を表す為《ため》のもので、日本語本来の母音ではなかったという説を支持しています。……私の支持など、何の価値も無いと思いますが。

さて。そろそろ話題も尽きてきました。

今回もここまでお付き合いいただきまして、誠にありがとうございます。次の第八巻もよろしくお願いいたします。

（佐島《さとう》　勤《つとむ》）

◉佐島　勤著作リスト

本書に対するご意見、ご感想をお寄せください。

ファンレターあて先
〒 102-8177　東京都千代田区富士見 2-13-3
電撃文庫編集部
「佐島 勤先生」係
「石田可奈先生」係

本書は書き下ろしです。

電撃文庫

続《ぞく》・魔法科高校《まほうかこうこう》の劣等生《れっとうせい》
メイジアン・カンパニー⑦

佐島《さとう》 勤《つとむ》

2023年12月10日　初版発行

発行者　山下直久
発行　株式会社KADOKAWA
〒102-8177　東京都千代田区富士見2-13-3
0570-002-301（ナビダイヤル）
装丁者　荻窪裕司（META＋MANIERA）
印刷　株式会社暁印刷
製本　株式会社暁印刷

ISBN978-4-04-915113-8　C0193　Printed in Japan

電撃文庫　https://dengekibunko.jp/

電撃文庫DIGEST　12月の新刊

発売日2023年12月8日

続・魔法科高校の劣等生
メイジアン・カンパニー⑦
著／佐島 勤　イラスト／石田可奈

シャンバラ探索から帰国した達也達。USNAに眠る大量破壊魔法[天罰業火]を封印するため、再度旅立とうとする達也に対し四葉真夜は出国を許可しない。その裏には、四葉家の裏のスポンサー東道青波の思惑が——。

創約　とある魔術の禁書目録《インデックス》⑨
著／鎌池和馬　イラスト／はいむらきよたか

魔神も超絶者も超能力者も魔術師も。全てを超える存在、CRC（クリスチャン＝ローゼンクロイツ）。その「退屈しのぎ」の恐るべき前進は、誰にも止められない。唯一、上条当麻を除いて——！

ソードアート・オンライン オルタナティブ　ミステリ・ラビリンス
迷宮館の殺人
著／紺野天龍　イラスト／遠田志帆　原作／川原 礫　原作イラスト／abec

かつてログアウト不可となっていたＶＲＭＭＯ《ソードアート・オンライン》の中で人知れず遂行された連続殺人。その記録を偶然知った自称探偵の少女スピカと助手の俺は、事件があったというダンジョンを訪れるが……

七つの魔剣が支配するXIII
著／宇野朴人　イラスト／ミユキルリア

呪者として目覚めたガイが剣花団を一時的に離れることになり、メンバーに動揺が走る。時を同じくして、研究室選びの時期を迎えたオリバーたち。同級生の間での関係性も、徐々にそして確実に変化していて——

ネトゲの嫁は女の子じゃないと思った？　Lv.23
著／聴猫芝居　イラスト／Hisasi

アコとルシアンの幸せな結婚生活が始まると思った？　……残念！　そのためにはLAサービス終了前にやることがあるよね！　——最高のエンディングを、共に歩んできたアレイキャッツみんなで迎えよう！

声優ラジオのウラオモテ
#09 夕陽とやすみは楽しみたい？
著／二月 公　イラスト／さばみぞれ

成績が落ち、しばらく学生生活に専念することになった由美子。みんなで集まる勉強会に、わいわい楽しい文化祭の準備。でも、同時に声優としての自分がどこか遠くに行ってしまうようで——？

レプリカだって、恋をする。3
著／榛名丼　イラスト／raemz

素直が何を考えているか分からなくて、怖い。そんな思いを抱えながら、季節は冬に向かっていく。素直は修学旅行へ。私はアキくんと富士宮へ行くことになって——。それぞれの視点から描かれる、転機の第３巻。

あした、裸足でこい。4
著／岬 鷺宮　イラスト／Hiten

小惑星を見つけ、自分が未来を拓く姿を証明する。それが二斗の失踪を止める方法だと確信する巡。そのために天体観測イベントの試験に臨むが、なぜか真琴もついてくると言い出して……。

新作　僕を振った教え子が、1週間ごとにデレてくるラブコメ
著／田口一　イラスト／ゆがー

僕・若葉野瑛登は高校受験合格の日、塾の後輩・芽吹ひなたに振られたんだ。そんな僕はなぜか今、ひなたの家庭教師になっている——なんで！？　絶対に恋しちゃいけない教え子との、ちょっと不器用なラブコメ開幕！

新作　どうせ、この夏は終わる
著／野宮 有　イラスト／ぴねつ

「そういや、これが最後の夏になるかもしれないんだよな」夢も希望も青春も全て無意味になった世界で、それでも僕らは最後の夏を駆け抜ける。　どうせ終わる世界で繰り広げられる、少年少女のひと夏の物語。

新作　双子探偵ムツキの先廻り
著／ひたき　イラスト／桑島黎音

探偵あるところに事件あり。華麗なる探偵一族『睦月家』の生き残りである双子は、名探偵の祖父から事件を呼び寄せる体質を受け継いでいた！　でもご安心を、先回りで解決しておきました。

新作　いつもは真面目な委員長だけどキミの彼女になれるかな？
著／コイル　イラスト／Nardack

繁華街で助けたギャルの正体は、クラス委員長の吉野さんだった。「優等生って疲れるから、たまに素の自分に戻ってるんだ」　実は明るくてちょっと子供っぽい。互いにだけ素顔を見せあえる、秘密の友達関係が始まる！

SWORD ART ONLINE
ソードアート・オンライン
川原 礫
イラスト／abec
「これは、ゲームであっても遊びではない」
《黒の剣士》キリトの活躍を描く
究極のヒロイック・サーガ！
電撃文庫

アクセル・ワールド
川原 礫
イラスト／HIMA
accel World
もっと早く……
《加速》したくはないか、少年。
第15回電撃小説大賞《大賞》受賞作！
最強のカタルシスで贈る
近未来青春エンタテイメント！
電撃文庫